文豪たちが書いた

殺しの名作短編集

彩図社文芸部 編

彩図社

序

本書は、収録作すべてにおいて殺人が起こる、「殺し」のアンソロジーです。

収録したのは、明治から昭和にかけて活躍した、11人の文豪による作品です。江戸川乱歩や海野《うんの》十三《じゅうざ》ら推理小説家はもちろん、芥川龍之介や太宰治など、純文学作家の作品も、収録しました。

作品の特色は、千差万別です。

殺人者の残酷な心理を描いた作品、殺人による自責の念に迫る作品、ゾッとするような怪奇的な死を扱った作品、殺しの後味の悪さを描いた作品など、各作品には、作家たちの個性が随所に表れています。

社会通念上許されないからこそ、「殺し」は文豪たちにとって、格好の題材だったのかもしれません。人類最大のタブーを文豪たちはいかに描いたのか、ぜひご自身の目でお確かめください。

文豪たちが書いた
殺しの名作短編集
―目次―

彼を殺したが……

久生十蘭《ひさおじゅうらん》

煙草がほしくなったので、さっきから袂《たもと》をさがしていたのだな、と気がつくと、思いがけなくはたと突き当る気持があった。要するに、いま煙草を喫うのはちょっと薄情らしいな、と言うくらいのこだわりではあったが、その底に何かこう絡みつくような手応えがあって、まともに気にしだしたら、せっかくのびのびしかけた気持が、またむうっとむすぼれそうだった。

もうなにもかもすんでしまったあとだから、ここで煙草ぐらいを遠慮したところが、いままでの薄情が帳消しになるはずもないのだろうが、気軽にそれを啣《くわ》えるというわけにもゆくまい。せめて臨終だけは懇《ねんごろ》にしてやらなければ、こっちの気持が困る、そう言った凄いものが心の下側にあった。

彼が舷から水の中へ落ち込んだことを、もちろん冗談だとは思っていなかった。だがそれにしても何というのろまさだ。こんな事につけても詩人だなぞいえる柄ではなかった。ふだんからのっそりした一切万事のものの運びが、歯ぎしりするほど癇にさわるのだったが、この時ほど莫迦莫迦しく憎《に》く体《てい》に見えたことが無かった。

はじめは大分底までぐってきたと見え、お河童のような髪に藻をいく筋もひっかけていた。――その顔などは二目と見られるものでなかった。いつものとぼとぼした感じはなくなって、ぎっくりさせるような切迫したものがあった……

その感じにはちょっとたじたじになった。全く思いがけなく兵古帯《へこおび》の結び目に手をやったが、ここで飛び込んで行く意気もはりも持っているわけでなかった。よしんばうにか助けられる見込みはあるにしても、助けて助け栄えのする相手でもない。だいいち、水に飛込んで浮び上るまでの、あの青黒い圧迫される感じは何と言ってもごめんだった、このままに見過していたら彼は死ぬのだろうが、それにしても、どうにも仕様がなかった。

二度目に浮び上って来た時には、彼はもうネクタイもワイシャツもつけていなかった。それで多少身軽になったのだろう、二三度眼をまたたいてボートの方角を見定めると、烈しい水音を立てて犬掻きをしながら舷に近寄ってきた。何か叫ぶ毎に口の中に水が流れ込む。半分は吐き出し、半分は嚥《の》み込むらしかった。

死のうが生きようが勝手だが、突然このような雑沓を感じさせられるのは、唯々迷惑至極で、彼が藻掻けばもがくほど、こちらの心も顔もへんにゆとりのありすぎる、しらじらしたものになって行った。まったくこの切迫した事情の現実《レアル》な意味などは、こちらの気持では何の問題にもなっていないのではなくて、あのふやけた手で舷《ふなべり》などへ触られたらたまらないな、そんなことばかりを胸元で考えていた。

しかし彼もその必死の場合にあって猶《なお》、腕を拱《こまね》いて見過ごしているこちらの気持のすべてを、一眼で見、また感じてしまったらしかった。くわっと見開いた眼のうちには白っぽい哀れさが消えて、その代りに形容し難いほどの憎しみの色が燐のように燃え上った。舷へ進んでくるものはもはや彼でなく怨恨に渇いた二つの眼だけであった。命を完《まっと》うするためにではなく、むしろ酷薄を責めるために近づいてくるようにも見えた。

だがこちらの気持にすれば、助けようが助けまいが大きにお世話であった。怨みがましくねめつけられるわけはすこしもなかった。自分で落ちたら、自分で上《あが》ってくるがいい。その得手勝手なまなざしを感じると、くわっとした腹立たしさが先に立って、意地でも助ける気はなくなった。——殺してしまえ。

ぞっとするような薄情な感じと一緒に、これまで長い間彼に感じてきたいまいましさが、次々にす早くこころの皮をかすめた。

彼がはじめからこの世に生れていなかったら、クニ子だって私のものだったに違いない。自分の詩才をみじめなものだと感じなくともすんでいたであろう。だが勿論今からだって、けして遅いことはなかった。……

もう一度ぐらい浮び上ってくるだろうと、腕組みするほどのけしきで、心待ちに待っていたが、すっかり観念したように二度とは浮んでこなかった。雨上りのうす濁った沼水が、暗い夢のつづきのつづきのうように、声もなく太葦の根を浸している、それだけのことだった。駒ケ嶽の石室《いしむろ》のあたりに雲の影が半ばきらめき、半ば曇って棚曳いていた。その姿と色合には一種の下劣な様式がある。もし前景のセバットに汽車を走らせ、そのうしろに苫船《とまぶね》を舫《もや》らせでもしたらまさしくペンキ画の条件の全部を持つはずであった。

捕われ人

小川《おがわ》未明《みめい》

　山奥である。右にも左にも山が聳《そび》えている。谷底に三人の異様な風をした男が一人の男を連《つれ》てきて、両手を縛って、荒莚《あらむしろ》の上に坐らせて殺そうとしている。三人の悪者《わるもの》の眼《め》球《だま》は光っていた。莚の上に坐らせられた男は汚れた破れた着物を着て顔には髭が延びて頭髪《かみのけ》の長い痩せた男だ。悪者は強盗であって、捕われた男は何《な》んでも猟師か何かであるらしい。山奥で吹く渓風《たにかぜ》が身に浸みる。

　季節は秋だ。岩間には木の葉が血を滴《したた》らした様に紅葉していた。薄暗い谷間を白い渓川が流れている。見上げると四面の高い山の巓《いただき》が赤く禿げて、日暮方の秋の日が当っているが、もう谷底は日蔭となって湿《しめっ》ぽい気が満ち満ちていた。恐らく一日中この谷底には、日の光が落ちぬのであろう。

眼の光る三人の悪者は、殺す用意に取りかかった。捕れた男の顔は、土色と変って昵《じっ》と眸《め》を据えて下を向いている――ここには文明の手が届いていない。警察の権利が及んでいない。全く暗黒の山奥で、人の知らぬ秘密が演ぜられる。いわば別天地である。悪者の一人は褐色のシャツを着ていた。他の二人は黒い洋服のようなものを身に纏《まと》っている。各自ともチャカチャカと光る鋭利な鉈《なた》を腰に挟んでいた。――捕われた猟師？　は手に無一物《むいちぶつ》で、しかも両手は後方《うしろ》に廻されている。けれど捕えられた間際にはよほど抵抗したものと見えて、地上に折れたままの鉄砲が投げ捨てられてあった。二人の悪者は、黒い桶のようなものを二つばかり持ち運んできた。何に使用するのか……多分血を容《い》れるのと、斬ったら落ちる生首とを入れるのであろう。傍《かたわら》には大きな箱がある。この中に死骸を容れるのだ。

悪者は金を取るのが目的でないらしい。さらば何のためにか？きっと生胆《いきぎも》を引抜き、骨を砕いて……血潮で何か造るのだ。――人間の生血と生胆と白骨で丸薬か何か造るのだ。彼方《あちら》に大きく土を盛って火を焚《た》く処が出来ている。一人はそこへ行って火を焚き始めた。青い烟《けむり》が上った。また彼方に黒い家根《やね》の頂《いただき》が見えている。何か小屋があるらしい。ここの小屋は山漆を掻《か》いて黒土と砂利で固めたのだ。彼方の谷に赤々と、山漆の木が繁っていた。火を焚《た》いている青い烟は微かに棚曳《たなび》いて深《み》山《やま》の谷に沈んでいる。一人の悪者は、捕われた男の前に立って両腕を組んでいる。この間互に一言も言い交わさなかった。火を焚いている一人は頻《しき》りと枯れた小枝や青い松葉を折ってきて大きな土竈《どがま》の下を燃《もや》している。褐色のシャツを着た悪者は、小屋の方へ行ったがやがて繿褸片《ぼろきれ》で刃をぐるぐると巻き附けた大きな鉞《まさかり》を持ち出してきた。黒い繿褸には何だか腥《なまぐさ》い血の染みが附着しているようだ。――幾人この山奥でこの鉞にかかって命を落した人があるか知れない。そういえば捕われ人の前に置《おか》れた桶の赤黒いのも人の血潮で染った色に相違ないと思った。今まで下を向いて、眤と一所《ひとところ》を見詰《みつめ》ていた捕れた男は真青に血の気の失せた顔を上げて、ドシンと大地に下した鉞の方を見遣《みや》った。が直様《すぐさま》また下を向いて自分の膝のあたりを見詰めていた。――もう自分の殺される時が近づいたと覚悟をしたのであろう。捕われた男の眼からは別に涙が流れて落ちなかった。悪者の一人は片足で地面《じびた》に折れたままの鉄砲が捨てられていたのを蹴って除《の》けた。鉞を持ち出してきた男はそこに手強く鉞を置くとまた小屋の方に立去った。今まで男の前に立って両腕を組んで、足で折れた鉄砲を蹴やった一番丈《せい》の高い獰悪《どうあく》な面構《つらがまえ》をした眼の怪しく光る黒い洋服を着た男はこの時頻《しきり》と気を揉むように四辺《あたり》を歩き廻り始めた。

しかし口には何事も言わずにただ身形《みなり》や容子《ようす》で――もう日が暮れて時刻が遅くなるぞ。早くやっつけてしまわねえかと催促するように忙《せわ》しげに動き始めた。

白く谷川がさらさらと流《ながれ》ている。その辺は一面に小石や、砂利で、森然《しん》として山に生い茂った木立が四境《あたり》を深く鎖《とざ》している。仰ぐと眼の前に聳えた高い山の頂の赤く禿げたあたりに暮れかかった日影が映っていたがだんだんその光りも衰えてきた、小屋に立去った褐色の悪者は、大きな砥石《といし》を持ち出した。この時火を焚き付けていた悪者は、もう火が燃え上ったのでこちらに歩いてきたが男の前にあった桶を一つ持って渓川へ水を汲《くみ》に行った。やがて砥石の傍に水の入った桶が置れて、小舎《こや》に行った男が土の上に蹲踞《うずくま》って大きな鉞を磨《と》ぎ始める。けれどこの悪者は未《ま》だ一言も互に話し合わなかった。

総《すべ》ての行動は、皆な沈黙の裡《うち》にやられた。

脊の高い黒い服を着た、この中《うち》での隊長とも見える男は一枝後方に紅葉の枝の垂れ下った岩の上に腰を下してこちらを見ている。先刻火を焚き付けて、今渓川の水を汲んできた悪者は砥石で鉞を磨ぐ男の傍に立っている、この男の面《つら》は間が抜けたように茫然《ぼんやり》として鼻筋が太かった。けれど腕が太くて力のありそうなガッシリとした身体だ。今砥石で鉞を磨いでいる男は脊が低くて、痩せているが鼻先の尖った険《さか》しそうな男だ。この三人の悪者の眼は等しく異様に光って、絶えず物に注意して、大きく飛び出ているように見えた。で、何《ど》の顔も垢と日に焼けて黒く光って鉛色をしている。黒い服を着た隊長らしい男だけ頭に何か古ぼけた羅紗《ラシャ》の破れた帽子を被っている。褐色の服も、今一人の黒い服を着た鼻筋の太い悪者も帽子を被っていなかった。やはり三人は無言である。ただゴシゴシと砥石に鉞の刃の喰い込んで磨《す》れる音が耳に入った。今三人の悪者の眼は等しく砥石と鉞の上に集められた。等しく三人の心は砥石の上に向けられている。この時全く忘られて一人、後方の土の上に湿っぽい荒莚の上に坐らせられて、両手を縛られた男は淋しく頼りなく見られた。

たとえ鎖《くさり》で縛《しば》れていないにせよ、三人の悪者がこちらに注意していないにせよ――何うしても逃げ出されないのだ。四面とも切り落したような峻嶺《しゅんれい》である。とてもこれを攀《よじのぼ》って逃ることは六ヶ敷《むずかし》い。今他から突如として援《たす》けにくる人がなくては、とても援《たす》からぬ命である。この男がどこかで捕われて、ここまで連てこられた間には、いろんな嶮《けわ》しい処を通ってきたであろう――普通の人の歩《あゆ》めぬ処へ来た時に――何うしても足の踏み出せない処へ来た時に三人の悪者が無理にこの男を引摺《ひきず》って後方から追立《おったて》て、それでも歩めない時には小言《こごと》をいいながら、荷物か何か運ぶように担《かつ》いで持ってきたことであろう。――また男はこの場合にこういうことを思い出したであろう。――家の者は今頃自分がこんな山奥で悪者に命を取られるということなどは知るまい。――この山奥に悪者が住んでいるという噂は聞いたことがあるが誰でも真実《ほんとう》にしたものがなかった。またこういう噂は聞いたことがある。悪者等が人の生血を絞って、染物をやり、その染物を海の上で売買するということも聞いた。また人間の脳味噌と骨を砕いて丸めた薬を造ると聞いた。また生胆を売りに出るということも聞いた。――それらの薬は何でも遠くへ行って、旅へ出て売るということだ。けれど人の噂に聞いていたことで、実際にあることだとは思われなかった。

猟に出かけて、途《みち》を違えて、この山奥に迷い込んで二日も木の根を枕にして宿《やど》って、今朝の暁《あかつき》、この悪者等《ら》に捕えられたまでは、全く夢のような話だと思っていた。

捕われ人の頭には、いろいろと捕われた当時の有様などが彷彿《ほうふつ》として浮き出た……。ゴシリゴシリと鉞を磨ぐ音が耳に入る。若者は空想から破《やぶれ》た。この時悲哀な声で研手《とぎて》の悪者が歌い出した――その声は寂然《ひっそり》とした山谷《さんこく》に響く。

海が光るぞよ　血染の帆風　黄色い筈だ　月が出る

その歌は、浮世で聞ける歌でない。けれどその歌の調子は懐しい耳に聞き覚えのある調子である。よく里に聞き、海に聞き、また山に聞くことの出来る調子である。捕われた男はこの警察権も行届かない、人の知らない、山奥に独り坐って僅《わず》かにこの歌の調子を聞いて、そぞろに人の住む村里を恋いしく思った。ただ思うより他、再び帰ることが出来ぬ身である。もしこの歌が止んだなら全く浮世と繋がる一筋の糸も断ち切られてしまうので、悪《にく》むべき敵ながら、その歌う歌の調子に涙ぐまれた。かくて物憂い眸《ひとみ》を地上から上げて見ると、小男は鉞を磨ぎながら歌いつづけている。

岩に腰を下した羅紗帽は、谷の彼岸を茫然と見詰ていた。石が転がって、木々が紅葉している。鉞を研ぐ前に立った鼻筋の太いのは熱心に鉞の物凄く光るのを見守っていた──晩方《ばんがた》の冷気が膚に浸みて、鼻から出る息が白く凝《こご》った。この際は三人とも等しく歌に心を取られていたらしい。小男はつづけて歌った。

冬の霜よりしんしん浸みる　利刃《はがね》に凝った月の影　触《さわ》れや手頸《てくび》が落ちそうに　色もなけれや味もなく……

と細く、物哀れに引いて消えたかと思うと力なげに情《なさけ》の籠った節でつづける。

刃金《はがね》の上に身を委《まか》す

と歌った。刃金の上に身を委す。それは独り月ばかりでない。やがて我身の果《はて》であるのだ。三人の悪者は、この歌をうたって、暗然として何等か涙を催すようなことがあろうか。たとえ涙を催すようなことがあっても、決して折角《せっかく》捕えてきたこの男を許すようなことはなかろう。捕われた男はしみじみと悲しくなって、束の間の我が命を考えた。病葉《わくらば》があちらにもこちらにもはらはらと散《ちっ》ている。青い煙は一面に渓の隅々を鎖《とざ》した。黒く頭の見えた小屋も黄昏《たそがれ》となって分らなくなった。日はいつしか落ちて、大空は青々と澄み渡った。禿山に照り映えていた夕日もいつしか消えて、星の光りが閃《きら》めいた。切り落されたような谷間から仰いでも空は広い。そして限りなく深い深い奥に運命の通る穴がある。それが星とも天の花とも見えるのだろう。……それとも天魔が青い底から蝋《ろう》燭《そく》を点《とも》して下界を窺《うかが》っているのかもしれない。

いよいよ殺されるべき時刻がきた。紺碧の空に星が輝いている。破《やぶれ》た羅紗帽を被った悪者は、岩から腰を放した。磨ぎ澄された鉞には星の光りが映じた。鼻筋の太いのが死骸を入れる箱の蓋を開けて、血を汲む桶を二つ捕われ人の前に並べた。あちらの山の隅では大きな土竈《どがま》の下にとろとろと赤い火が燃えている。三人は訳の分らぬ符号で何事か示し合った。小男から羅紗帽の隊長が、鉞を受取るとぐるりと捕われ人の後方に廻った。……

空が暗くなるにつれて、深山の奥で熾《さかん》に火の手が燃え上って、その焔の周囲《まわり》に三つの黒い影が動くのが瞭然《はっきり》と分ったが、いつしか火手《ひのて》が漸次《ぜんじ》に衰えて、赤かった焔の力が弱って黄色くなって見えた。いつしか黄色いのが白くなって見えた。

「ハハハハハ。」と厭らしい笑い声がすると、天上の星は微かに身震いした。

再び沈黙に返って、さらさらと谷川の音が淋しそうに聞える。冷たい渓風が吹き渡って全く焔が消えかかった。折々《おりおり》ぴしりぴしりと生木の刎返《はねかえ》る音がして、その毎《たび》に赤い火花が散った。

百面相役者

江戸川乱歩

一

僕の書生時代の話だから、ずいぶん古いことだ。年代などもハッキリしないが、なんでも、日露戦争のすぐあとだったと思う。

その頃、僕は中学校を出て、さて、上の学校へはいりたいのだけれど、当時僕の地方には高等学校もなし、そうかといって、東京へ出て勉強させてもらうほど、家が豊かでもなかったので、気の長い話だ、僕は小学教員をかせいで、そのかせぎためた金で、上京して苦学をしようと思い立ったものだ。なに、その頃は、そんなのがめずらしくはなかったよ。何しろ給料にくらべて物価の方がずっと安い時代だからね。

話というのは、僕がその小学教員を稼いでいたあいだに起ったことだ（起ったというほど大げさな事件でもないがね）。ある日、それは、よく覚えているが、こうおさえつけられるような、いやにドロンと曇った春先の或《あ》る日曜日だった。僕は、中学時代の先輩で、町の（町といっても××市のことだがね）新聞社の編集部に勤めているRという男をたずねた。当時、日曜になると、この男をたずねるのが僕の一つの楽しみだったのだ。というのは、彼はなかなか物識《ものし》りでね、それも非常にかたよった、ふうがわりなことを、実によく調べているのだ。万事がそうだけれど、たとえば文学などでいうと、こう怪奇的な、変に秘密がかった、そうだね、日本でいえば平田篤胤《あつたね》だとか、上田秋成だとか、外国でいえば、スエデンボルグだとかウイリアム・ブレークだとか、例の、君のよくいうポーなども、先生大すきだった。市井《しせい》の出来事でも、一つは新聞記者という職業上からでもあろうが、人の知らないような、変てこなことをばかにくわしく調べていて、驚かされることがしばしばあった。

彼の人となりを説明するのがこの話の目的ではないから、別に深入りはしないが、たとえば上田秋成の「雨月物語」のうちで、どんなものを彼が好んだかということを一言すれば、彼の人物がよくわかる。したがって、彼の感化を受けていた僕の心持《こころもち》もわかるだろう。

彼は「雨月物語」は全篇どれもこれも好きだった。あの夢のような散文詩と、それから紙背にうごめく、一種の変てこな味が、たまらなくいいというのだ。その中でも「蛇性の淫」と「青頭巾」なんか、よく声を出して、僕に読み聞かせたものだ。

下野《しもつけ》の国のある里の法師が、十二、三歳の童児を寵愛していたところ、その童児が病のために死んでしまったので「あまりに歎かせたまうままに、火に焼きて土にほうむることもせで、顔に顔をもたせ、手に手をとりくみて日を経たまうが、つひに心みだれ、生きてある日に違はずたはむれつつも、その肉の腐りただるをおしみて、肉を吸ひ骨をなめ、はた啖《くら》いつくしぬ。」というところなどは、今でも僕の記憶に残っている。流行の言葉でいえば変態性慾だね。Rはこんなところがばかにすきなのだ、今から考えると、先生自身が、その変態性慾の持主だったかもしれない。

少し話が傍路《わきみち》にそれたが、僕がRを訪問したのは、今いった日曜日の、ちょうどひる頃だった。先生あいかわらず机にもたれて、何かの書物をひもどいていた。そこへ僕がはいって行くと、たいへん喜んで、

「やあ、いいところへ来た。今日は一つ、ぜひ君に見せたいものがある。そりゃ実に面白いものだ」

彼はいきなりこんなことをいうのだ。僕はまた例の珍本でも掘り出したのかと思って、

「ぜひ拝見したいものです」

と答えると、驚いたことには、先生立ち上がって、サッサと外出の用意をしはじめるのだ。そしていうには、

「そとだよ。××観音までつきあいたまえ。君に見せたいものは、あすこにあるのだよ」

そこで、僕は、一体××観音に何があるのかと聞いてみたが、先生のくせでね、行ってみればわかるといわぬばかりに、何も教えない。仕方がないので、僕はRのあとから、だまってついて行った。

さっきもいった通り、雷でも鳴り出しそうな、いやにどんよりした空模様だ。その頃電車はないので、半里ばかりの道を、テクテク歩いていると、からだじゅうジットリと汗ばんでくる。町の通りなども、天候と同様に、変にしずまり返っている。時々Rが後をふり向いて話しかける声が、一丁も先からのように聞える。狂気になるのは、こんな日じゃないかと思われた。

××観音は、東京でいえばまあ浅草といったところで、境内にいろいろな見世物小屋がある。劇場もある。それが田舎だけに、一層廃頽的《はいたいてき》で、グロテスクなのだ。今時《いまどき》そんなことはないが、当時僕の勤めていた学校は、教師に芝居を見ることさえ禁じていた。芝居ずきの僕は困ったがね。でも首になるのが恐ろしいので、なるべく禁令を守って、

この××観音なぞへはめったに足を向けなかった。したがって、そこにどんな芝居がかかっているか、見世物が出ているか、ちっとも知らなかった（当時は芝居の新聞広告なんてほとんどなかった）。で、Rがこれだといって、ある劇場の看板をゆびさした時には、非常にめずらしい気がしたものだよ。その看板がまたかわっているのだ。

新帰朝百面相役者××丈出演
探偵奇聞『怪美人』五幕

涙香《るいこう》小史のほん案小説に「怪美人」というのがあるが、見物してみるとあれではない、もっともっと荒唐無稽で、奇怪至極の筋だった。でもどっか、涙香小史を思わせるところがないでもない。今でも貸本屋などには残っているようだが、涙香のあの改版にならない前の菊版の安っぽい本があるだろう。君はあれのさし絵を見たことがあるかね。今見なおすと、実になんともいえぬ味のあるものだ。この××丈出演の芝居は、まあ、あの挿絵が生きて動いているといった感じのものだったよ。

実にきたない劇場だった。黒い土蔵みたいな感じの壁が、なかばはげ落ちて、そのすぐ前を、蓋のない泥溝が、変な臭気を発散して流れている。そこへきたない洟垂《はなた》れ小僧が立ちならんで看板を見上げている。まあそういった景色だ。だが絵看板だけはさすがに新らしかった。それがまた実に珍なものでね。普通の芝居の看板書きが、西洋流のまねをして書いたのだろう、足がまがった紅毛碧眼の紳士や、からだじゅう襞《ひだ》だらけで、ばかに尻のふくれあった洋装美人が、さまざまの恰好《かっこう》で、日本流の見えを切っているのだ。あんなものが今残っていたら、素敵な歴史的美術品だね。

湯屋の番台のような恰好をした、無蓋の札売り場で、大きな板の通り札を買うと、僕らはその中へはいっていった（僕はとうとう禁令をおかしたわけだ）。中も外部に劣らずきたない。土間には仕切りもなく、一面に薄よごれたアンペラが敷いてあるきりだ。しかもそこには、紙屑だとかミカンや南京豆の皮などが、いっぱいにちらばっていて、うっかり歩いていると、気味のわるいものが、べったり足の裏にくっつく。ひどい有様だ。だが、当時はそれで普通だったかもしれない。現にこの劇場なぞは町でも二、三番目に数えられていたのだからね。

はいってみるともう芝居ははじまっていた。看板通りの異国情調に富んだ舞台面で、出てくる人物も、皆西洋人くさい扮装《ふんそう》をしていた。僕は思った、「これはすてきだ、さすがにRはいいものを見せてくれた」とね。なぜといって、それは当時の僕たちの趣味にピッタリあてはまるような代物《しろもの》だったからね……僕は単にそう考えていた。ところが、後になってわかったのだが、Rの真意はもっともっと深いところにあった。僕に芝居を見せるというよりは、そこへ出てくる一人の人物、すなわち看板の百面相役者なるものを観察させるためであった。

芝居の筋もなかなか面白かったように思うが、よくは覚えてないし、それにこの話には大して関係もないから略するけれど、神出鬼没の怪美人を主人公とする、非常に変化に富んだ一種の探偵劇だった。近頃はいっこうはやらないが、探偵劇というものも悪くないね。この怪美人には座頭《ざがしら》の百面相役者が扮していた。怪美人は警官その他の追跡者をまくために、目まぐるしく変装する。男にも、女にも、老人にも、若人にも、貴族にも、賎民にも、あらゆる者に化ける。そこが百面相役者たるゆえんなのであろうが、その変装は実に手に入ったもので、舞台の警官などよりは、見物の方がすっかりだまされてしまうのだ。あんなのを、技神に入るとでもいうのだろうね。

僕がうしろの方にしようというのに、Rはなぜか、土間のかぶりつきのところへ席をとったので、僕たちの眼と舞台の役者の顔とは、近くなった時には、ほとんど一間《けん》くらいしか隔たっていないのだ。だから、こまかいところまでよくわかる。ところが、そんなに近くにいても、百面相役者の変装は、ちっとも見分けられない。女なら女、老人なら老人に、なり切っているのだ。たとえば、顔のしわだね。普通の役者だと、絵具で書いているので、横から見ればすぐばけの皮がはげる。ふっくらとした頬に、やたらに黒いものをなすってあるのが、滑稽に見える。それがこの百面相役者のは、どうしてあんなことができるのか、ほんとうの肉に、ちゃんと皺《しわ》がきざまれているのだ。そればかりではない。変装するごとに、顔形がまるでかわってしまう。不思議でたまらなかったのは、時によって、丸顔になったり、細面《ほそおもて》になったりする。眼や口が大きくなったり小さくなったりするのは、まだいいとして、鼻や耳の恰好さえひどくかわるのだ。僕の錯覚だったのか、それとも何かの秘術であんなことができるのか、いまだに疑問がとけない。

そんなふうだから、舞台に出てきても、これが百面相役者ということは、想像もつかない。ただ番付を見て、わずかにあれだなと悟るくらいのものだ。あんまり不思議なので、僕はそっとRに聞いてみた。

「あれはほんとうに同一人なのでしょうか。もしや、百面相役者というのは一人ではなくて、大勢の替玉《かえだま》を引っくるめての名称で、それがかわるがわる現われているのではないでしょうか」

実際僕はそう思ったものだ。

「いやそうではない。よく注意してあの声を聞いてごらん。声の方は変装のようにはいかぬかして、たくみにかえてはいるが、みな同一音調だよ。あんなに音調の似た人間がいく人《にん》もあるはずはないよ」

なるほど、そう聞けば、どうやら同一人物らしくもあった。

「僕にしたって、何も知らずにこれを見たら、きっとそんな不審を起したに違いない」

Rが説明した。「ところが、僕にはちゃんと予備知識があるんだ。というのは、この芝居が蓋を開ける前にね、百面相役者の××が、僕の新聞社を訪問したのだよ。そして、実際僕らの面前で、あの変装をやって見せたのだ。ほかの連中は、そんなことにあまり興味がなさそうだったけれど、僕は実に驚嘆した。世の中には、こんな不思議な術もあるものかと思ってね。その時の××の気焔《きえん》がまた、なかなか聞きものだったよ。まず欧米における変装術の歴史をのべ、現在それがいかに完成の域に達しているかを紹介し、だが、われわれ日本人には、皮膚や頭髪のぐあいでそのままねられない点が多いので、それについていかに苦心したか、そして、結局、どれほどたくみにそれをものにしたか、というようなことを実に雄弁にしゃべるのだ。団十郎だろうが菊五郎だろうが日本広しといえどもおれにまさる役者はないという鼻息だ。なんでもこの町を振り出しに、近く東京の檜舞台《ひのきぶたい》を踏んで、その妙技を天下に紹介するということだった（彼はこの町のうまれなのだよ）。その意気や愛すべしだが、可哀《かわい》そうに、先生、芸というものを、とんだはき違えて解釈している。何よりもたくみに化けることが、俳優の第一条件だと信じきっている。そして、かくのごとく化けることの上手《じょうず》な自分は、いうまでもなく天下一の名優だと心得ている。田舎から生れる芸にはよくこの類《たぐい》のがあるものだね。近くでいえば、熱田《あつた》の神楽獅子《かぐらじし》などがそれだよ。それはそれとして、存在するだけの値うちはあるのだけれどね……」

このRのくわしい註釈を聞いてから舞台を見ると、そこにはまたいっそうの味わいがあった。そして見れば見るほど、ますます百面相役者の妙技に感じた。こんな男がもしほんとうの泥棒になったら、きっと、永久に警察の眼をのがれることができるだろうとさえ思われた。

やがて、芝居は型のごとくクライマックスに達し、カタストロフィに落ちて、惜しい大団円を結んだ。時間のたつのを忘れて、舞台に引きつけられていた僕は、最後の幕がおりきってしまうと、思わずハーッと深い溜め息をついたことだ。

二

劇場を出たのは、もう十時頃だった。空はあいかわらず曇って、ソヨとの風もなく、妙にあたりがかすんで見えた。二人とも黙々として家路についた。Rがなぜだまっていたかは、想像の限りでないが、少なくとも僕だけは、あんまり不思議なものを見たために、頭がボーッとしてしまって、ものをいう元気もなかったのだ。それほど、感銘を受

けたものだ。さて、銘々の家への分れ道へくると、

「きょうはいつにない愉快な日曜でした。どうもありがとう」

僕はそういって、Rに別れようとした。すると、意外にもRは僕を呼び止めて、

「いや、ついでにもう少しつきあってくれたまえ。実はまだ君に見せたいものがあるのだ」

という。それがもう十一時時分《じぶん》だよ。Rはこの夜ふけに、わざわざ僕を引っぱって行って、一体全体何を見せようというのだろう。僕は不審でたまらなかったけれど、その時のRの口調が妙に厳粛に聞えたのと、それに当時、僕はRのいうことには、何でもハイハイと従う習慣になっていたものだから、それからまたRの家まで、テクテクとついて行ったことだ。

いわれるままに、Rの部屋へはいって、そこで、吊《つ》りランプの下で、彼の顔を見ると、僕はハッと驚いた。彼はまっさおになって、ブルブル震えてさえいるのだ。何がそうさせたのか、彼が極度に興奮していることは一《ひ》と目でわかる。

「どうしたんです。どっか悪いのじゃありませんか」

僕が心配して聞くと、彼はそれには答えないで、押入れの中から古い新聞の綴《と》じ込みを探し出してきて、一生懸命にくっていたが、やがて、ある記事を見つけ出すと、震え

る手でそれを指し示しながら、

「ともかく、この記事を読んでみたまえ」

というのだ。それは彼の勤めている社の新聞で、日付を見ると、ちょうど一年ばかり以前のものだった。僕は何が何だか、まるで狐につままれたようで、少しもわけがわからなかったけれど、とりあえずそれを読んでみることにした。

見出しは「またしても首泥棒」というので、三面の最上段に、二段抜きで載せてあった。その記事の切抜きは、記念のために保存してあるがね、見たまえこれだ。


近来諸方の寺院頻々として死体発掘の厄にあうも、いまだ該犯人の捕縛を見るにいたらざるは時節がらまことになげかわしき次第なるが、ここにまたもやいまわしき死体盗難事件あり。その次第をしるさんに、去る×月×日午後十一時頃×県×郡×村字×所在×寺の寺男×某（五〇）が、同寺住職の言いつけにて附近の檀家へ使いに行き、帰途同寺境内の墓地を通過せる折から、雲間を出《い》でし月影に一名の曲者《くせもの》が鍬《くわ》を振って新仏《にいぼとけ》の土饅頭を発掘せる有様を認め、腰を抜かさんばかりに打驚き、泥棒泥棒と呼ばわりければ、曲者もびっくり仰天雲を霞とにげ失《う》せたり。届け出により時を移さず×警察×分署長××氏は二名の刑事を従え現場に出張し取調べたるところ、発掘されしは去る×月×日埋葬せる×村字××番屋敷《やしき》××××の新墓地なること判明せるが、曲者は同人の棺桶《かんおけ》を破壊し死体の頭部を鋭利なる刃物をもって切断しいずこにか持去れるもののごとく、無残なる首なし胴体のみ土にまみれて残りおれり。一方急報により×裁判所××検事は現場に急行し、×署楼上に捜査本部を設け百方手を尽して犯人捜査につとめたるも、いまだなんらの手掛りを発見せずと。該事件のやり口を見るに従来諸方の寺院を荒し廻りたる曲者のやり口と符節を合わすがごとく、おそらく同一人の仕業なるべく、曲者は脳髄の黒焼が万病にきき目ありという古来の迷信により、かかる挙に出でしものならんか。さるにても世にはむごたらしき人鬼もあればあるものなり。

そして終りに「因《ちな》みに」とあって、当時までの被害寺院と首を盗まれた死人の姓名とが、五つ六つ列記してある。

僕はその日、頭がよほど変になっていた。天候がそんなだったせいもあり、一つは奇怪な芝居を見たからでもあろうが、何となくものにおびえやすくなっていた。で、このいまわしい新聞記事を読むと、Rがなぜこんなものを僕に読ませたのか、その意味は少しもわからなかったけれど、妙に感動してしまって、この世界が何かこうドロドロした血みどろのもので充たされているような気がし出したものだ。

「ずいぶんひどいですね。一人でこんなにたくさん首を盗んで、黒焼屋にでも売り込むのでしょうかね」

Rは僕が新聞を読んでいるあいだに、やっぱり押入れから、大きな手文庫を出してきて、その中をかき廻していたが、僕が顔を上げてこう話しかけると、

「そんなことかもしれない。だが、ちょっとこの写真を見てごらん。これはね、僕の遠い親戚にあたるものだが、この老人も首をとられた一人なんだよ。そこの「因みに」というところに×××という名前があるだろう、これはその×××老人の写真なんだ」

そういって一葉の古ぼけた手札形の写真を示した。見ると、裏には間違いなく新聞のと同じ名前が、下手《へた》な手蹟でしたためてある。なるほどそれでこの新聞記事を読ませたのだな。僕は一応合点することができた。しかしよく考えてみると、こんな一年も前の出来事をなにゆえ今頃になって、しかもよる夜中、わざわざ僕に知らせるのか、その点がどうも解せない。それに、さっきからRがいやに興奮している様子も、おかしいのだ。

僕はさも不思議そうにRの顔を見つめていたに相違ない。すると彼は、

「君はまだ気がつかぬようだね。もういちどその写真を見てごらん。よく注意して……

それを見て何か思いあたることはないかね」

といいうのだ。僕はいわれるままに、そのしらが頭の、しわだらけの田舎ばあさんの顔を、さらにつくづくながめたことだ。すると君、僕はあぶなくアッと叫ぶところだったよ。そのばあさんの顔がね、さっきの百面相役者の変装の一つと、もう寸分違わないのだ。皺のより方、鼻や口の恰好、見れば見るほどまるで生きうつしなんだ。僕は生涯のうちで、あんな変な気持を味わったことは、二度とないね。考えてみたまえ、一年前に死んで、墓場へうずめられて、おまけに首まで切られた老婆が、少なくとも彼女と一分一厘違わない或る他の人間が（そんなものはこの世にいるはずがない）××観音の芝居小屋で活躍しているのだ。こんな不思議なことがあり得るものだろうか。

「あの役者が、どんなに変装がうまいとしてもだ、見も知らぬ実在の人物と、こうも完全に一致することができると思うかね」

Rはそういって、意味ありげに僕の顔をながめた。

「いつか新聞社であれを見た時には、僕は自分の眼がどうかしているのだと思って、別段深くも考えなかった。が、日がたつにしたがって、どうもなんとなく不安でたまらない。そこで、きょうは幸い君のくるのがわかっていたものだから、君にも見くらべてもらって、僕の疑問をはらそうと思ったのだ。ところが、これじゃあ疑いがはれるどころか、ますます僕の想像が確実になってきた。もう、そうでも考えるほかには、この不思議な事実を解釈する方法がないのだ」

そこでRは一段と声をひくめ、非常に緊張した面持《おもおち》になって、

「この想像は非常に突飛なようだがね。しかしまんざら不可能なことではない。先《ま》ず当時の首泥棒ときょうの百面相役者とが同一人物だと仮定するのだ（あの犯人はその後捕縛されてはいないのだから、これはあり得ることだ）。で、最初は、あるいは死体の脳味噌をとるのが目的だったかもしれない。だが、そうしてたくさんの首を集めた時、彼が、それらの首の脳味噌以外の部分の利用法を、考えなかったと断定することはできない。一般に犯罪者というものは、異常な名誉心を持っているものだ。それに、あの役者は、さっきも話した通り、うまく化けることが俳優の第一条件で、それさえできれば、日本一の名声を博するものと、信じきっている。なおその上に、首泥棒で偶然芝居好きででもあったと仮定すれば、この想像説はますます確実性をおびてくるのだ。君、僕の考えはあまり突飛過ぎるだろうか。彼がぬすんだ首からさまざまの人肉の面を製造したという、この考えは……」

おお、「人肉の面」！　なんという奇怪な、犯罪者の独創であろう。なるほど、それは不可能なことではない。たくみに顔の皮をはいで、剥製にして、その上から化粧をほ

どこせば、立派な「人肉の面」が出来上がるに相違ない。では、あの百面相役者の、その名にふさわしい幾多の変装姿は、それぞれに、かつてこの世に実在した人物だったのか。

僕は、あまりのことに、自分の判断力を疑った。その時の、Rや僕の理論に、どこか非常な錯誤があるのではないかと疑った。いったい「人肉の面」をかぶって、平気で芝居を演じ得るようなそんな残酷な人鬼が、この世に存在するであろうか。だが、考えるにしたがって、どうしても、そのほかには想像のつけようがないことがわかってきた。僕は一時間前に、現にこの眼で見たのだ。そして、それと寸分違わぬ人物が、ここに写真の中にいるのだ。またRにしても、彼は日頃冷静をほこっている男だ。よもやこんな重大な事実を、誤《あや》まって判断することはあるまい。

「もしこの想像があたっているとすると（実際このほかに考えようがないのだが）、捨てておくわけにはいかぬ。だが、今すぐこれを警察に届けたところで相手にしてくれないだろう。もっと確証を握る必要がある。たとえば百面相役者のつづらの中から、「人肉の面」そのものを探し出すというような。ところで、幸い僕は新聞記者だし、あの役者に面識もある。これは一つ、探偵のまねをして、この秘密をあばいてやろうかな……そうだ。僕はあすからそれに着手しよう。もしうまくいけば親戚の老婆の供養にもなることだし、また社に対しても非常な手柄だからね」

ついには、Rは決然として、こういう意味のことをいった。僕もそれに賛意を表した。二人はその晩二時頃までも、非常に興奮して語りつづけた。

さあそれからというものは、僕の頭はこの奇怪な「人肉の面」でいっぱいだ。学校で授業をしていても、家で本を読んでいても、ふと気がつくと、いつの間にかそれを考えている。Rは今頃どうしているだろう。うまくあの役者にちかづくことができたかしら。そんなことを想像すると、もう一刻もじっとしていられない。そこで、たしか芝居を見た翌々日だったかに、僕はまたRを訪問した。

行ってみると、Rはランプの下で熱心に読書していた。本は例によって、篤胤の「鬼神論」とか「古今妖魅考」とかいう種類のものだった。

「や、このあいだは失敬した」

僕があいさつすると、彼は非常におちついてこう答えた。僕はもう、ゆっくり話の順序など考えている余裕はない。すぐさま問題をきり出した。

「あれはどうでした。少しは手がかりがつきましたか」

Rはけげんそうな顔で、

「あれとは？」

「ソラ、例の「人肉の面」の一件ですよ。百面相役者の」

僕が声を落としてさも一大事という調子で、こう聞くとね。驚いたことには、Rの顔が妙にゆがみ出したものだ。そして、今にも爆発しようとする笑い声を、一生懸命かみ殺している声音《こわね》で、

「ああ「人肉の面」か、あれはなかなか面白かったね」

というのだ。僕は何だか様子が変だと思ったけれど、まだわからないのでボンヤリ彼の顔を見つめていた。すると、Rにはその表情がよほど間が抜けて見えたに違いない。彼はもうたまらないという様子で、やにわにゲラゲラ笑い出したものだ。

「ハハハハハ、あれは君、空想だよ。そんな事実があったら、さぞ愉快だろうという僕の空想にすぎないのだよ……なるほど、百面相役者は実際珍らしい芸人だが、まさか「人肉の面」をつけるわけでもなかろう。それから、首泥棒の方は、これは、僕の担当した事件で、よく知っているが、その後ちゃんと犯人があがっている。だからね、この二つの事実のあいだには、なんの連絡もないのさ。僕が、それをちょっと空想でつなぎ合せてみたばかりなのだ。ハハハハハ。ああ、例の老婆の写真かい。僕にあんな親戚なぞあるものか。あれはね、実は新聞社でうつした、百面相役者自身の変装姿なのだよ。それを古い台紙にはりつけて、手品の種に使ったというわけさ。種明かしをしてしまえば

なんでもないが、でもほんとうだとおもっているあいだは面白かっただろう。この退屈きわまる人生もね、こうして、自分の頭で創作した筋を楽しんで行けば、相当愉快に暮らせようというものだよ。ハハハハ」

これで、この話はおしまいだ。百面相役者はその後どうしたのか、いっこううわさを聞かない。おそらく、旅から旅をさすらって、どこかの田舎で朽ちはててしまったのであろうか。

途上

谷崎潤一郎

東京T・M株式会社員法学士湯河《ゆがわ》勝太郎が、十二月も押し詰まった或る日の夕暮の五時頃に、金杉橋の電車通りを新橋の方へぶらぶら散歩している時であった。

「もし、もし、失礼ですがあなたは湯河さんじゃございませんか。」

ちょうど彼が橋を半分以上渡った時分に、こう云って後ろから声をかけた者があった。湯河は振り返った、――するとそこに、彼にはかつて面識のない、しかし風采の立派な一人の紳士が慇懃に山高帽を取って礼をしながら、彼の前へ進んできたのである。

「そうです、私《わたくし》は湯河ですが、………」

湯河はちょっと、その持ち前の好人物らしい狼狽《うろた》え方で小さな眼をパチパチやらせた。そうしてさながら彼の会社の重役に対する時のごとくおどおどした態度で云った。なぜなら、その紳士は全く会社の重役に似た堂々たる人柄だったので、彼は一と目見た瞬間に、「往来で物を云いかける無礼な奴」と云う感情を忽ちどこへか引込めてしまって、我知らず月給取りの根性をサラケ出したのである。紳士は獵虎《らっこ》の襟の付いた、西班牙犬《スペイン》の毛のように房々した黒い玉羅紗《たまらしゃ》の外套を纏《まと》って、（外套の下には大方モーニングを着ているのだろうと推定される）縞のズボンを穿いて、象牙のノッブのあるステッキを衝《つ》いた、色の白い、四十恰好《かっこう》の太った男だった。

「いや、突然こんなところでお呼び止めして失礼だとは存じましたが、わたくしは実はこう云う者で、あなたの友人の渡辺法学士――あの方の紹介状を戴いて、たった今会社の方へお尋ねしたところでした。」

紳士はこう云って二枚の名刺を渡した。湯河はそれを受け取って街燈の明りの下へ出して見た。一枚の方は紛《まぎ》れもなく彼の親友渡辺の名刺である。名刺の上には渡辺の手でこんな文句が認めてある、――「友人安藤一郎氏を御紹介する右は小生の同県人にて小生とは年来親しくしている人なり君の会社に勤めつつある某社員の身元について調べたい事項があるそうだから御面会の上宜敷《よろしく》御取計いを乞う」――もう一枚の名刺を見ると、「私立探偵安藤一郎　事務所　日本橋区蠣殻町《かきがら》三丁目四番地　電話浪花五〇一〇番」と記してある。

「ではあなたは、安藤さんとおっしゃるので、――」

湯河はそこに立って、改めて紳士の様子をじろじろ眺めた。「私立探偵」――日本には珍しいこの職業が、東京にも五、六軒出来たことは知っていたけれど、実際に会うのは今日が始めてである。それにしても日本の私立探偵は西洋のよりも風采が立派なようだ、と、彼は思った。湯河は活動写真が好きだったので、西洋のそれにはたびたびフィルムでお目に懸っていたから。

「そうです、わたくしが安藤です。で、その名刺に書いてありますような要件について、幸いあなたが会社の人事課の方に勤めておいでの事を伺ったものですから、それで只今会社へお尋ねして御面会を願った訳なのです。いかがでしょう、御多忙のところを甚だ恐縮ですが、少しお暇を割いて下さる訳には参りますまいか。」

紳士は、彼の職業にふさわしい、力のある、メタリックな声でテキパキと語った。

「なに、もう暇なんですから僕の方はいつでも差支えはありません、………」

と、湯河は探偵と聞いてから「わたくし」を「僕」に取り換えて話した。

「僕で分ることなら、御希望に従って何なりとお答えしましょう。しかしその御用件は非常にお急ぎの事でしょうか、もしお急ぎでなかったら明日ではいかがでしょうか？今日でも差支えはない訳ですが、こうして往来で話をするのも変ですから、――」

「いや、ごもっともですが明日からは会社の方もお休みでしょうし、わざわざお宅へお伺いするほどの要件でもないのですから、御迷惑でも少しこの辺を散歩しながら話して戴きましょう。それにあなたは、いつもこうやって散歩なさるのがお好きじゃありませんか。ははは。」

と云って、紳士は軽く笑った。それは政治家気取りの男などがよく使う豪快な笑い方だった。

湯河は明《あき》らかに困った顔つきをした。と云うのは、彼のポッケットには今しがた会社から貰ってきた月給と年末賞与とが忍ばせてあった。その金は彼としては少からぬ額だったので、彼は私《ひそ》かに今夜の自分自身を幸福に感じていた。これから銀座へでも行って、この間からせびられていた妻の手套《てぶくろ》と肩掛とを買って、――あのハイカラな彼女の顔に似合うようなどっしりした毛皮の奴を買って、――そうして早く家《うち》へ帰って彼女を喜ばせてやろう、――そんなことを思いながら歩いている矢先だったのである。彼はこの安藤と云う見ず知らずの人間のために、突然楽しい空想を破られたばかりでなく、今夜の折角の幸福にひびを入れられたような気がした。それはいいとしても、人が散歩好きのことを知っていて、会社から追っ駈けてくるなんて、何ぼ探偵でも厭な奴だ、どうしてこの男は己《おれ》の顔を知っていたんだろう、そう考えると不愉快だった。おまけに彼は腹も減っていた。

「どうでしょう、お手間は取らせない積りですが少し附き合って戴けますまいか。私の方は、或る個人の身元について立ち入ったことをお伺いしたいのですから、却《かえっ》て会社でお目に懸るよりも往来の方が都合がいいのです。」

「そうですか、じゃ兎に角御一緒にそこまで行きましょう。」

湯河は仕方なしに紳士と並んでまた新橋の方へ歩き出した。紳士の云うところにも理窟はあるし、それに、明日になって探偵の名刺を持って家へ尋ねて来られるのも迷惑だと云う事に、気が付いたからである。

歩き出すと直ぐに、紳士――探偵はポッケットから葉巻を出して吸い始めた。が、ものの一町も行く間、彼はそうして葉巻を吸っているばかりだった。湯河が馬鹿にされたような気持でイライラして来たことは云うまでもない。

「で、その御用件と云うのを伺いましょう。僕の方の社員の身元と仰っしゃると誰の事でしょうか。僕で分ることなら何でもお答えする積りですが、――」

「無論あなたならお分りになるだろうと思います。」

紳士はまた二三分黙って葉巻を吸った。

「多分何でしょうな、その男が結婚するとでも云うので身元をお調べになるのでしょうな。」

「ええそうなんです、御推察の通りです。」

「僕は人事課にいるので、よくそんなのがやって来ますよ。一体誰ですかその男は？」

湯河はせめてその事に興味を感じようとするらしく好奇心を誘いながら云った。

「さあ、誰と云って、――――そう仰っしゃられるとちょっと申しにくい訳ですが、その人と云うのは実はあなたですよ。あなたの身元調べを頼まれているんですよ。こんな事は人から間接に聞くよりも、直接あなたに打《ぶ》つかった方が早いと思ったもんですから、それでお尋ねするのですがね。」

「僕はしかし、――――あなたは御存知ないかも知れませんが、もう結婚した男ですよ。何かお間違いじゃないでしょうか。」

「いや、間違いじゃありません。あなたに奥様がおあんなさることは私も知っています。けれどもあなたは、まだ法律上結婚の手続きを済ましてはいらっしゃらないでしょう。そうして近いうちに、できるなら一日も早く、その手続きを済ましたいと考えていらっしゃることも事実でしょう。」

「ああそうですか、分りました。するとあなたは僕の家内の実家の方から、身元調べを頼まれた訳なんですね。」

「誰に頼まれたかと云う事は、私の職責上申し上げにくいのです。あなたにも大凡《おおよ》そお心当りがおありでしょうから、どうかその点は見逃して戴きとうございます。」

「ええよござんすとも、そんな事はちっとも構いません。僕自身の事なら何でも僕に聞いて下さい。間接に調べられるよりはその方が僕も気持がよござんすから。——僕はあなたが、そう云う方法を取って下すった事を感謝します。」

「はは、感謝して戴いては痛み入りますな。——僕はいつでも（と、紳士も「僕」を使い出しながら）結婚の身元調べなんぞにはこの方法を取っているんです。相手が相当の人格のあり地位のある場合には、実際直接に打つかった方が間違いがないんです。それにどうしても本人に聞かなけりゃ分らない問題もありますからな。」

「そうですよ、そうですとも！」

と、湯河は嬉しそうに賛成した。彼はいつの間にか機嫌を直していたのである。

「のみならず、僕はあなたの結婚問題には少なからず同情を寄せております。」

紳士は、湯河の嬉しそうな顔をチラと見て、笑いながら言葉を続けた。

「あなたの方へ奥様の籍をお入れなさるのには、奥様と奥様の御実家とが一日も早く和解なさらなけりゃいけませんな。でなければ奥様が二十五歳におなりになるまで、もう三四年待たなけりゃなりません。しかし、和解なさるには奥様よりも実はあなたを先方へ理解させることが必要なのです。それが何よりも肝心なのです。で、僕も出来るだけ御尽力はしますが、あなたもまあそのためと思って、僕の質問に腹蔵なく答えて戴きましょう。」

「ええ、そりゃよく分っています。ですから何卒御遠慮なく、――」

「そこでと、――あなたは渡辺君と同期に御在学だったそうですから、大学をお出になったのはたしか大正二年になりますな？――先ずこの事からお尋ねしましょう。」

「そうです、大正二年の卒業です。そうして卒業すると直ぐに今のT・M会社へ這入《はい》ったのです。」

「左様、卒業なさると直ぐ、今のT・M会社へお這入りになった。――それは承知していますが、あなたがあの先《せん》の奥様と御結婚なすったのは、あれはいつでしたかな。あれは何でも、会社へお這入りになると同時だったように思いますが――」

「ええそうですよ、会社へ這入ったのが九月でしてね、明くる月の十月に結婚しました。」

「大正二年の十月と、――（そう云いながら紳士は右の手を指折り数えて）するとちょうど満五年半ばかり御同棲なすった訳ですね。先の奥様がチブスでお亡くなりになったのは、大正八年の四月だった筈ですから。」

「ええ」

と云ったが、湯河は不思議な気がした。「この男は己を間接には調べないと云っておきながら、いろいろの事を調べている。」――で、彼は再び不愉快な顔つきになった。

「あなたは先の奥さんを大そう愛していらしったそうですね。」

「ええ愛していました。――しかし、それだからと云って今度の妻を同じ程度に愛しないと云う訳じゃありません。亡くなった当座は勿論未練もありましたけれど、その未練は幸いにして癒やし難いものではなかったのです。今度の妻がそれを癒やしてくれたのです。だから僕はその点から云っても、ぜひとも久満子《くまこ》と、――久満子と云うのは今の妻の名前です。お断りするまでもなくあなたは疾《と》うに御承知のことと思いますが、――正式に結婚しなければならない義務を感じております。」

「イヤごもっともで、」

と、紳士は彼の熱心な口調を軽く受け流しながら、

「僕は先の奥さんのお名前も知っております、筆子さんと仰っしゃるのでしょう。――それからまた、筆子さんが大変病身なお方で、チブスでお亡くなりになる前にも、たびたびお患《わずら》いなすった事を承知しております。」

「驚きましたな、どうも。さすが御職掌柄で何もかも御存知ですな。そんなに知っていらっしゃるならもうお調べになるところはなさそうですよ。」

「あははは、そう仰っしゃられると恐縮です。何分これで飯を食っているんですから、まあそんなにイジメないで下さい。――で、あの筆子さんの御病身のことについてですが、あの方はチブスをおやりになる前に一度パラチブスをおやりになりましたね、……………こうッと、それはたしか大正六年の秋、十月頃でした。かなり重いパラチブスで、なかなか熱が下らなかったので、あなたが非常に御心配なすったと云う事を聞いております。それからその明くる年、大正七年になって、正月に風を引いて五六日寝ていらしったことがあるでしょう。」

「ああそうそう、そんなこともありましたっけ。」

「その次にはまた、七月に一度と、八月に二度と、夏のうちは誰にでもありがちな腹下しをなさいましたな。この三度の腹下しのうちで、二度は極く軽微なものでしたからお休みになるほどではなかったようですが、一度は少し重くって一日二日伏せっていらしった。すると、今度は秋になって例の流行性感冒がはやり出してきて、筆子さんはそれに二度もお罹りになった。即ち十月に一遍軽いのをやって、二度目は明くる年の大正八年の正月のことでしたろう。その時は肺炎を併発して危篤な御容態だったと聞いております。その肺炎がやっとの事で全快すると、二た月も立たないうちにチブスでお亡くなりになったのです。――そうでしょうな？　僕の云うことに多分間違いはありますまいな？」

「ええ」

と云ったきり湯河は下を向いて何かしら考え始めた、――二人はもう新橋を渡って歳晩の銀座通りを歩いていたのである。

「全く先の奥さんはお気の毒でした。亡くなられる前後半年ばかりと云うものは、死ぬような大患いを二度もなすったばかりでなく、その間にまた胆を冷やすような危険な目にもチョイチョイお会いでしたからな。――あの、窒息事件があったのはいつ頃でしたろうか?」

そう云っても湯河が黙っているので、紳士は独りで頷きながらしゃべり続けた。

「あれはこうッと、奥さんの肺炎がすっかりよくなって、二三日うちに床上げをなさろうと云う時分、――病室の瓦斯《ガス》ストーブから間違いが起こったのだから何でも寒い時分ですな、二月の末のことでしたろうかな、瓦斯の栓が弛んでいたので、夜中に奥さんがもう少しで窒息なさろうとしたのは。しかし好い塩梅《あんばい》に大事に至らなかったものの、あのために奥さんの床上げが二三日延びたことは事実ですな。――そうです、そうです、それからまだこんな事もあったじゃありませんか、奥さんが乗合自動車で新橋から須田町へおいでになる途中で、その自動車が電車と衝突して、すんでの事で……」

「ちょっと、ちょっとお待ち下さい。僕は先《さっき》からあなたの探偵眼には少なからず敬服していますが、一体何の必要があって、いかなる方法でそんな事をお調べになったのでしょう。」

「いや、別に必要があった訳じゃないんですがね、僕はどうも探偵癖があり過ぎるもんだから、つい余計な事まで調べ上げて人を驚かしてみたくなるんですよ。自分でも悪い癖だと思っていますが、なかなか止められないんです。今直きに本題へ這入りますから、まあもう少し辛抱して聞いて下さい。――で、あの時奥さんは、自動車の窓が壊れたので、ガラスの破片で額へ怪我をなさいましたね。」

「そうです。しかし筆子は割りに呑気な女でしたから、そんなにビックリしてもいませんでしたよ。それに、怪我と云ってもほんの擦《かす》り傷でしたから。」

「ですが、あの衝突事件については、僕が思うのにあなたも多少責任がある訳です。」

「なぜ？」

「なぜと云って、奥さんが乗合自動車へお乗りになったのは、あなたが電車へ乗るな、乗合自動車で行けとお云いつけになったからでしょう。」

「そりゃ云いつけました――かもしれません。僕はそんな細々した事までハッキリ覚えてはいませんが、なるほどそう云いつけたようにも思います。そう、そう、たしかにそう云ったでしょう。それはこう云う訳だったんです、何しろ筆子は二度も流行性感冒をやった後でしたろう、そうしてその時分、人ごみの電車に乗るのは最も感冒に感染し易いと云う事が、新聞なぞに出ている時分でしたろう、だから僕の考《かんがえ》では、電車より乗合自動車の方が危険が少いと思ったんです。それで決して電車へは乗るなと、固く云いつけた訳なんです、まさか筆子の乗った自動車が、運悪く衝突しようとは思いませんからね。僕に責任なんかある筈はありませんよ。筆子だってそんな事は思いもしなかったし、僕の忠告を感謝しているくらいでした。」

「勿論筆子さんは常にあなたの親切を感謝しておいででした、亡くなられる最後まで感謝しておいででした。けれども僕は、あの自動車事件だけはあなたに責任があると思いますね。そりゃあなたは奥さんの御病気のためを考えてそうしろと仰っしゃったでしょう。それはきっとそうに違いありません。にも拘《かかわ》らず、僕はやはりあなたに責任があると思いますね。」

「なぜ?」

「お分りにならなければ説明しましょう、――あなたは今、まさかあの自動車が衝突しようとは思わなかったと仰っしゃったようです。しかし奥様が自動車へお乗りになったのはあの日一日だけではありませんな。あの時分、奥さんは大患いをなすった後で、まだ医者に見て貰う必要があって、一日置きに芝口のお宅から万世橋の病院まで通っていらしった。それも一と月くらい通わなければならない事は最初から分っていた。そうしてその間はいつも乗合自動車へお乗りになった。衝突事故があったのはつまりその期間の出来事です。よござんすかね。ところでもう一つ注意すべきことは、あの時分はちょうど乗合自動車が始まり立てで、衝突事故が屢々《しばしば》あったのです。衝突しやしないかと云う心配は、少し神経質の人にはかなりあったのです。――ちょっとお断り申しておきますが、あなたは神経質の人です、――そのあなたがあなたの最愛の奥さんを、あれほどたびたびあの自動車へお乗せになると云う事は少くとも、あなたに似合わない不注意じゃないでしょうか。一日置きに一と月の間あれで往復するとなれば、その人は三十回衝突の危険に曝されることになります。」

「あはははは、そこへ気が付かれるとはあなたも僕に劣らない神経質ですな。なるほど、そう仰っしゃられると、僕はあの時分のことをだんだん思い出してきましたが、僕もあの時まんざらそれに気が付かなくはなかったのです。けれども僕はこう考えたのです。自動車における衝突の危険と、電車における感冒伝染の危険と、どっちがプロバビリティーが多いか。それからまた、仮りに危険のプロバビリティーが両方同じだとして、どっちが余計生命に危険であるか。この問題を考えてみて、結局乗合自動車の方がより安全だと思ったのです。なぜかと云うと、今あなたの仰っしゃった通り月に三十回往復するとして、もし電車に乗ればその三十台の電車のいずれにも、必ず感冒の黴菌がいると思わなければなりません。あの時分は流行の絶頂期でしたからそう見るのが至当だったのです。既に黴菌がいるとなれば、そこで感染するのは偶然ではありません。然るに自動車の事故の方はこれは全く偶然の禍《わざわい》です。無論どの自動車にも衝突のポシビリティーはありますが、しかし始めから禍因《かいん》が歴然と存在している場合とは違いますからな。次にはこう云う事も私には云われます。筆子は二度も流行性感冒に罹っています、これは彼女が普通の人よりもそれに罹り易い体質を持っている証拠です。だから電車へ乗れば、彼女は多勢の乗客の内でも危険を受けるべく択《えら》ばれた一人とならなければなりません。自動車の場合には乗客の感ずる危険は平等です。のみならず僕は危険の程度についてもこう考えました、彼女がもし、三度目に流行性感冒に罹ったとしたら、必ずまた肺炎を起すに違いないし、そうなると今度こそ助からないだろう。一度肺炎をやったものは再び肺炎に罹り易いと云う事を聞いてもいましたし、おまけに彼女は病後の衰弱から十分恢復《かいふく》し切らずにいた時ですから、僕のこの心配は杞憂《きゆう》ではなかったのです。ところが衝突の方は、衝突したから死ぬと極まってやしませんからな。よくよく不運な場合でなけりゃ大怪我をすると云う事もないし、大怪我がもとで命を取られるような事はめったにありゃしませんからな。そうして僕のこの考はやはり間違ってはいなかったのです。御覧なさい、筆子は往復三十回の間に一度衝突に会いましたけれど、僅かに擦り傷だけで済んだじゃありませんか。」

「なるほど、あなたの仰っしゃることは唯《ただ》それだけ伺っていれば理窟が通っています。どこにも切り込む隙がないように聞えます。が、あなたが只今仰っしゃらなかった部分のうちに、実は見逃してはならないことがあるのです。と云うのは、今のその電車と自動車との危険の可能率の問題ですな、自動車の方が電車よりも危険の率が少い、また危険があってもその程度が軽い、そうして乗客が平等にその危険性を負担する、これがあなたの御意見だったようですが、少くともあなたの奥様の場合には、自動車に乗っても電車と同じく危険に対して択ばれた一人であったと、僕は思うのです。決して外の乗客と平等に危険に曝されてはいなかった筈です。つまり、自動車が衝突した場合に、あなたの奥様は誰よりも先に、且恐らくは誰よりも重い負傷を受けるべき運命の下に置かれていらしった。この事をあなたは見逃してはなりません。」

「どうしてそう云う事になるでしょう？　僕には分りかねますがね。」

「ははあ、お分りにならない？　どうも不思議ですな。――しかしあなたは、あの時分筆子さんにこう云う事を仰っしゃいましたな、乗合自動車へ乗る時はいつもなるべく一番前の方へ乗れ、それが最も安全な方法だと――」

「そうです、その安全と云う意味はこうだったのです、――」

「いや、お待ちなさい、あなたの安全と云う意味はこうだったでしょう、――自動車の中にだってやはりいくらか感冒の黴菌がいる。で、それを吸わないようにするには、なるべく風上《かざかみ》の方にいるがいいと云う理窟でしょう。すると乗合自動車だって、電車ほど人がこんでいないにしても、感冒伝染の危険が絶無ではない訳ですな。あなたは先《さっ》きの事実を忘れておいでのようでしたな。それからあなたは今の理窟に附け加えて、乗合自動車は前の方へ乗る方が震動が少い、奥さんはまだ病後の疲労が脱け切らないのだから、なるべく体を震動させない方がいい。――この二つの理由を以て、あなたは奥さんに前へ乗ることをお勧めなすったのです。勧めたと云うよりは寧ろ厳しくお云いつけになったのです。奥さんはあんな正直な方で、あなたの親切を無にしては悪いと考えていらしったから、出来るだけ命令通りになさろうと心がけておいででした。そこで、あなたのお言葉は着々と実行されていました。」

「…………」

「よござんすかね、あなたは乗合自動車の場合における感冒伝染の危険と云うものを、最初は勘定に入れていらっしゃらなかった。いらっしゃらなかったにも拘らず、それを口実にして前の方へお乗せになった、――ここに一つの矛盾があります。そうしてもう一つの矛盾は、最初勘定に入れておいた衝突の危険の方は、その時になって全く閑却されてしまったことです。乗合自動車の一番前の方へ乗る、――衝突の場合を考えたら、このくらい危険なことはないでしょう、そこに席を占めた人は、その危険に対して結局択ばれた一人になる訳です。だから御覧なさい、あの時怪我をしたのは奥様だけだったじゃありませんか、あんな、ほんのちょっとした衝突でも、外のお客は無事だったのに奥様だけは擦り傷をなすった。あれがもっとひどい衝突だったら、外のお客が擦り傷をして奥様だけが重傷を負います。さらにひどかった場合には、外のお客が重傷を負って奥様だけが命を取られます。――衝突と云う事は、仰っしゃるまでもなく偶然に違いありません。しかしその偶然が起った場合に、怪我をすると云う事は、奥様の場合には偶然でなく必然です。」

二人は京橋を渡った、が、紳士も湯河も、自分たちが今どこを歩いているかをまるで忘れてしまったかのように、一人は熱心に語りつつ一人は黙って耳を傾けつつ真直ぐに歩いて行った。――

「ですからあなたは、或る一定の偶然の危険の中へ奥様を置き、そうしてその偶然の範囲内での必然の危険の中へ、さらに奥様を追い込んだと云う結果になります。これは単純な偶然の危険とは意味が違います。そうなると果して電車より安全かどうか分らなくなります。第一、あの時分の奥様は二度目の流行性感冒から直ったばかりの時だったのです、従ってその病気に対する免疫性を持っておられたと考えるのが至当ではないでしょうか。僕に云わせれば、あの時の奥様には絶対に伝染の危険はなかったのでした。択ばれた一人であっても、それは安全な方へ択ばれていたのでした。一度肺炎に罹ったものがもう一度罹り易いと云う事は、或る期間を置いての話です。」

「しかしですね、その免疫性と云う事も僕は知らないじゃなかったんですが、何しろ十月に一度罹ってまた正月にやったんでしょう。すると免疫性もあまりアテにならないと思ったもんですから、………」

「十月と正月との間には二た月の期間があります。ところがあの時の奥様はまだ完全に直り切らないで咳をしていらしったのです。人から移されるよりは人に移す方の側だったのです。」

「それからですね、今お話の衝突の危険と云うこともですね、既に衝突その物が非常に偶然な場合なんですから、その範囲内での必然と云ってみたところが、極く極く稀な事じゃないでしょうか。偶然の中の必然と単純な必然とはやはり意味が違いますよ。況んやその必然なるものが、必然怪我をすると云うだけの事で、必然命を取られると云う事にはならないのですからね。」

「けれども、偶然ひどい衝突があった場合には必然命を取られると云う事は云えましょうな。」

「ええ云えるでしょう、ですがそんな論理的遊戯をやったって詰まらないじゃありませんか。」

「あははは、論理的遊戯ですか、僕はこれが好きだもんですから、ウッカリ図に乗って深入りをし過ぎたんです、イヤ失礼しました。もう直き本題に這入りますよ。――で、這入る前に、今の論理的遊戯の方を片附けてしまいましょう。あなただって、僕をお笑いなさるけれど実はなかなか論理がお好きのようでもあるし、この方面では或は僕の先輩かもしれないくらいだから、まんざら興味のない事ではなかろうと思うんです。そこで、今の偶然と必然の研究ですな、あれを或る一個の人間の心理と結び付ける時に、ここに新たなる問題が生じる、論理がもはや単純な論理でなくなってくると云う事に、あなたはお気付きにならないでしょうか。」

「さあ、大分むずかしくなって来ましたな。」

「なにむずかしくも何ともありません。或る人間の心理と云ったのはつまり犯罪心理を云うのです。或る人が或る人を間接な方法で誰にも知らせずに殺そうとする。――殺すと云う言葉が穏当でないなら、死に至らしめようとしている。そうしてそのために、その人をなるべく多くの危険へ露出させる。その場合に、その人は自分の意図を悟らせないためにも、また相手の人をそこへ知らず識らず導くためにも、偶然の危険を択ぶより外仕方がありません。しかしその偶然の中に、ちょいとは目に付かない或る必然が含まれているとすれば、なおさらお誂《あつら》え向きだと云う訳です。で、あなたが奥さんを乗合自動車へお乗せになった事は、たまたまその場合と外形において一致してはいないでしょうか？　僕は『外形において』と云います、どうか感情を害しないで下さい。無論あなたにそんな意図があったとは云いませんが、あなたにしてもそう云う人間の心理はお分りになるでしょうな。」

「あなたは御職掌柄妙なことをお考えになりますね。外形において一致しているかどうか、あなたの御判断にお任せするより仕方がありませんが、しかしたった一と月の間、三十回自動車で往復させただけで、その間に人の命が奪えると思っている人間があったら、それは馬鹿か気違いでしょう。そんな頼《たよ》りにならない偶然を頼りにする奴もないでしょう。」

「そうです、たった三十回自動車へ乗せただけなら、その偶然が命中する機会は少いと云えます。けれどもいろいろな方面からいろいろな危険を捜し出して来て、その人の上へ偶然を幾つも幾つも積み重ねる、――そうするとつまり、命中率が幾層倍にも殖えて来る訳です。無数の偶然的危険が寄り集って一個の焦点を作っている中へ、その人を引き入れるようにする。そうなった場合には、もうその人の蒙《こうむ》る危険は偶然でなく、必然になって来るのです。」

「――――と仰っしゃると、たとえばどう云う風にするのでしょう？」

「たとえばですね、ここに一人の男があってその妻を殺そう、――――死に至らしめようと考えている。然るにその妻は生れつき心臓が弱い。――――この心臓が弱いと云う事実の中には、既に偶然的危険の種子が含まれています。で、その危険を増大させるために、ますます心臓を悪くするような条件を彼女に与える。たとえばその男は妻に飲酒の習慣を附けさせようと思って、酒を飲むことをすすめました。最初は葡萄酒を寝しなに一杯ずつ飲むことをすすめる、その一杯をだんだんに殖やして食後には必ず飲むようにさせる、こうして次第にアルコールの味を覚えさせました。しかし彼女はもともと酒を嗜《たしな》む傾向のない女だったので、夫が望むほどの酒飲みにはなれませんでした。そこで夫は、第二の手段として煙草をすすめました。『女だってそのくらいな楽しみがなけりゃ仕様がない』そう云って、舶来のいい香いのする煙草を買って来ては彼女に吸わせました。ところがこの計画は立派に成功して、一と月ほどのうちに、彼女はほんとうの喫煙家になってしまったのです。もう止そうと思っても止せなくなってしまったのです。次に夫は、心臓の弱い者には冷水浴が有害である事を聞き込んできて、それを彼女にやらせました。『お前は風を引き易い体質だから、毎朝怠らず冷水浴をやるがいい』と、その男は親切らしく妻に云ったのです。心の底から夫を信頼している妻は直ちにその通り実行しました。そうして、それらのために自分の心臓がいよいよ悪くなるのを知らずにいました。ですがそれだけでは夫の計画が十分に遂行されたとは云えません。彼女の心臓をそんなに悪くしておいてから、今度はその心臓に打撃を与えるのです。つまり、なるべく高い熱の続くような病気、――チブスとか肺炎とかに罹り易いような状態へ、彼女を置くのですな。その男が最初に択んだのはチブスでした。彼はその目的で、チブス菌のいそうなものを頻りに細君に喰べさせました。『亜米利加人《アメリカ》は食事の時に生水を飲む、水をベスト・ドリンクだと云って賞美する』などと称して、細君に生水を飲ませる。刺身を喰わせる。それから、生の牡蠣《かき》と心太《ところてん》にはチブス菌が多い事を知って、それを喰わせる。勿論細君にすすめるためには夫自身もそうしなければなりませんでしたが、夫は以前にチブスをやったことがあるので、免疫性になっていたんです。夫のこの計画は、彼の希望通りの結果を齎《もたら》しはしませんでしたが、殆ど七分通りは成功しかかったのです。と云うのは、細君はチブスにはなりませんでしたけれども、パラチブスにかかりました。そうして一週間も高い熱に苦しめられました。が、パラチブスの死亡は一割内外に過ぎませんから、幸か不幸か心臓の弱い細君は助かりました。夫はその七分通りの成功に勢いを得て、その後も相変らず生物《なまもの》を食べさせることを怠らずにいたので、細君は夏になると屢々《しばしば》下痢を起しました。夫はその度毎にハラハラしながら成り行きを見ていましたけれど、生憎にも彼の注文するチブスには容易に罹らなかったのです。するとやがて、夫のためには願ってもない機会が到来したのです。それは一昨年の秋から翌年の冬へかけての悪性感冒の流行でした。夫はこの時期においてどうしても彼女を感冒に取り憑《つ》かせようとたくらんだのです。十月早々、彼女は果してそれに罹りました、――なぜ罹ったかと云うと、彼女はその時分、咽喉を悪くしていたからです。夫は感冒予防の嗽《うが》いをしろと云って、わざと度の強い過酸化水素水を拵《こしら》えて、それで始終彼女に嗽いをさせていました。そのために彼女は咽喉カタールを起していたのです。のみならず、ちょうどその時に親戚の伯母が感冒に罹ったので、夫は彼女を再三そこへ見舞いにやりました。彼女は五度《た》び目に見舞いに行って、帰って来ると直ぐに熱を出したのです。しかし、幸いにしてその時も助かりました。そうして正月になって、今度はさらに重いのに罹ってとうとう肺炎を起したのです。……」

こう云いながら、探偵はちょっと不思議な事をやった、――持っていた葉巻の灰をトントンと叩き落すような風に見せて、彼は湯河の手頸の辺を二三度軽く小突いたのである、――何か無言の裡《うち》に注意をでも促すような工合に。それから、恰《あたか》も二人は日本橋の橋手前まで来ていたのだが、探偵は村井銀行の先を右へ曲って、中央郵便局の方角へ歩き出した。無論湯河も彼に喰着いて行かなければならなかった。

「この二度目の感冒にも、やはり夫の細工がありました。」

と、探偵は続けた。

「その時分に、細君の実家の子供が激烈な感冒に罹って神田のS病院へ入院することになりました。すると夫は頼まれもしないのに細君をその子供の附添人にさせたのです。それはこう云う理窟からでした、――『今度の風は移り易いからめったな者を附き添わせることは出来ない。私の家内《かない》はこの間感冒をやったばかりで免疫になっているから、附添人には最も適当だ』――そう云ったので、細君もなるほどと思って子供の看護をしているうちに、再び感冒を背負い込んだのです。そうして細君の肺炎はかなり重態でした。幾度も危険のことがありました。今度こそ夫の計略は十二分に効を奏しかかったのです。夫は彼女の枕許で彼女が夫の不注意からこう云う大患になったことを詫《あやま》りましたが、細君は夫を恨もうともせず、どこまでも生前の愛情を感謝しつつ静かに死んでいきそうに見えました。けれども、もう少しと云うところで今度も細君は助かってしまったのです。夫の心になってみれば、九仞《きゅうじん》の功を一簣《いっき》に虧《か》いた、――とでも云うべきでしょう。そこで、夫はまた工夫を凝らしました。これは病気ばかりではいけない、病気以外の災難にも遇わせなければいけない、――そう考えたので、彼は先ず細君の病室にある瓦斯《ガス》ストオブを利用しました。その時分細君は大分よくなっていたから、もう看護婦も附いてはいませんでしたが、まだ一週間ぐらいは夫と別の部屋に寝ている必要があったのです。で、夫は或る時偶然にこう云う事を発見しました。――細君は、夜眠りに就く時は火の用心を慮《おもんぱか》って瓦斯ストオブを消して寝る事。瓦斯ストオブの栓は、病室から廊下へ出る閾際《しきいぎわ》にある事。細君は夜中に一度便所へ行く習慣があり、そうしてその時には必ずその閾際を通る事。閾際を通る時に、細君は長い寝間着の裾をぞろぞろと引き擦って歩くので、その裾が五度に三度までは必ず瓦斯の栓に触《さわ》る事。もし瓦斯の栓がもう少し弱かったら、裾が触った場合にそれが弛むに違いない事。病室は日本間ではあったけれども、建具がシッカリしていて隙間から風が洩らないようになっている事。――偶然にも、そこにはそれだけの危険の種子《たね》が準備されていました。ここにおいて夫は、その偶然を必然に導くにはほんの僅かの手数を加えればいいと云う事に気が付きました。それは即ち瓦斯の栓をもっと緩くしておく事です。彼は或る日、細君が昼寝をしている時にこっそりとその栓へ油を差してそこを滑かにしておきました。彼のこの行動は、極めて秘密の裡に行われた筈だったのですが、不幸にして彼は自分が知らない間にそれを人に見られていたのです。――見たのはその時分彼の家に使われていた女中でした。この女中は、細君が嫁に来た時に細君の里から一緒に附いて来た者で、非常に細君思いの、気転の利く女だったのです。まあそんな事はどうでもよござんすがね、――――」

探偵と湯河とは中央郵便局の前から兜《かぶと》橋を渡り、鎧《よろい》橋を渡った。二人はいつの間にか水天宮前の電車通りを歩いていたのである。

「――――で、今度も夫は七分通り成功して、残りの三分で失敗しました。細君は危く瓦斯のために窒息しかかったのですが、大事に至らないうちに眼を覚まして、夜中に大騒ぎになったのです。どうして瓦斯が洩れたのか、原因は間もなく分りましたけれど、それは細君自身の不注意と云う事になったのです。その次に夫が択んだのは乗合自動車です。これは先《さっき》もお話したように、細君が医者へ通うのを利用したので、彼はあらゆる機会を利用する事を忘れませんでした。そこで自動車もまた不成功に終った時に、さらに新しい機会を掴みました。彼にその機会を与えた者は医者だったのです。医者は細君の病後保養のために転地する事をすすめたのです。どこか空気のいい処へ一と月ほど行っているように、――――そんな勧告があったので、夫は細君にこう云いました、『お前は始終患ってばかりいるのだから、一と月や二た月転地するよりもいっそ家中《うちじゅう》でもっと空気のいい処へ引越すことにしよう。そうかと云って、あまり遠くへ越す訳にもいかないから、大森辺へ家《うち》を持ったらどうだろう。あそこなら海も近いし、己が会社へ通うのにも都合がいいから。』この意見に細君は直ぐ賛成しました。あなたは御存知かどうか知りませんが、大森は大そう飲み水の悪い土地だそうですな、そうしてそのせいか伝染病が絶えないそうですな、――殊にチブスが。――つまりその男は災難の方が駄目だったので再び病気を狙い始めたのです。で、大森へ越してからは一層猛烈に生水や生物を細君に与えました。相変らず冷水浴を励行させ喫煙をすすめてもいました。それから、彼は庭を手入れして樹木を沢山に植え込み、池を掘って水溜りを拵え、また便所の位置が悪いと云ってそれを西日の当るような方角に向き変えました。これは家の中に蚊と蠅とを発生させる手段だったのです。いやまだあります、彼の知人のうちにチブス患者が出来ると、彼は自分は免疫だからと称して屢々そこへ見舞いに行き、たまには細君にも行かせました。こうして彼は気長に結果を待っている筈でしたが、この計略は思いの外早く、越してからやっと一と月も立たないうちに、且今度こそ十分に効を奏したのです。彼が或る友人のチブスを見舞いに行ってから間もなく、そこにはまたどんな陰険な手段が弄されたか知れませんが、細君はその病気に罹りました。そうして遂にそのために死んだのです。――どうですか、これはあなたの場合に、外形だけはそっくり当てはまりはしませんかね。」

「ええ、――そ、そりゃ外形だけは――」

「あはははは、そうです、今までのところでは外形だけはです。あなたは先の奥さんを愛していらしった、兎も角外形だけは愛していらしった。しかしそれと同時に、あなたはもう二三年も前から先の奥様には内証で今の奥様を愛していらしった。外形以上に愛していらしった。すると、今までの事実にこの事実が加わって来ると、先の場合があなたに当てはまる程度は単に外形だけではなくなって来ますな。――」

二人は水天宮の電車通りから右へ曲った狭い横町を歩いていた。横町の左側に「私立探偵」と書いた大きな看板を掲げた事務所風の家があった。ガラス戸の嵌った二階にも階下にも明りが煌々と燈《とも》っていた。そこの前まで来ると、探偵は「あはははは」と大声で笑い出した。

「あはははは、もういけませんよ。もうお隠しなすってもいけませんよ。あなたは先《さっき》から顫《ふる》えていらっしゃるじゃありませんか。先の奥様のお父様が今夜僕の家であなたを待っているんです。まあそんなに怯《おび》えないでも大丈夫ですよ。ちょっとここへお這入んなさい。」

彼は突然湯河の手頸を掴んでぐいと肩でドーアを押しながら明るい家の中へ引き擦り込んだ。電燈に照らされた湯河の顔は真青だった。彼は喪心したようにぐらぐらとよろめいてそこにある椅子の上に臀餅《しりもち》をついた。

可哀相な姉

渡辺温《わたなべおん》

1

すたれた場末の、たった一間《ひとま》しかない狭い家《うち》に、私と姉とは住んでいた。ほかに誰もいなかった。私は姉と二人きりで、何年か前に、青い穏《おだや》かな海峡を渡って、この街へ来たのであった。

そして姉が働いて私を育ててくれた。

姉は、断っておくが、ほんとうの私の姉ではない。姉の母は、私の従姉《いとこ》である。私の父は姪《めい》に姉を生ませた。しかも姉は生まれ落ちてみると、唖娘《おしむすめ》であった。

だが、もう私達の父も、姉の母も、私の母もみんな死んでしまって、今はふるさとの海辺の丘に並んだ白い石であった。

　唖娘の姉と二人で久しい間暮していて、私達と往来《ゆきき》する人はこの街に一人もいなかったし、私は一日中つんぼのように、誰の声をも聞かなかった。

姉がどんなに私をいつくしんでくれたか！　姉は毎晩毎晩夜更けてから、血の気のないほどに蒼ざめて帰って来て、私にご飯を喰べさせてくれた。

姉はまた、私を抱いて寝てくれもした。私は、魚のように冷《つ》めたい姉の手足で厭《いや》であったけれども、それでもすなおな私は、姉の愛情にほだされて、何時《いつ》でも涙ぐんで、姉の体を温めてやった。

　その中《うち》に姉は悪い病気に罹《かか》った。胸の悪くなるような臭《におい》が、姉の体から発散した。姉は、私にその病気が伝染するのを恐れて、もう一緒に寝るのは止《よ》してしまった。

　私は淋しく一人で寝た。そして一人で寝ている中《うち》に、何時《いつ》の間にか大きい大人になった。

2

到頭《とうとう》、或日《あるひ》姉は私が本当の大人になってしまったことを覚《さと》った。

遊び友達のない私は、家の裏の木に登って、遠くの雲の中に聳《そび》え重なっている街を見ていた。すると姉は私の足をひっぱって、私を木から下ろしてしまった。

姉は私のはいている小《ち》いさな半ズボンをたくし上げた。

姉はさて悲しい顔をして首を縦に振ってうなずいた。

姉が首を縦に振ってうなずく場合には、我々普通の人間が首を横に振って、いやいやを、するのと同じ意味なのであった。彼女の愚《おろか》な父と母とは、ひょっと誤って、幼い彼女にそんなアベコベを教えてしまったのだ。不具者《かたわもの》のもちまえで、彼女は頑《かたくな》に、親の教えた過ちを信じて改めなかった。

姉は幾度も私の脛《すね》を撫ぜて、幾度も首を縦に振った。

——姉さん。どうしたの？」と私は訊ねた。

姉は長い間に、私と姉との仲だけに通じるようになった、精巧な手真似で答えた。

——ワタシハ、オマエガ、キライダ！』

——なぜです？』

——オマエハ、モウ、ソレヨリ、オオキクナッテハ、イケマセンヨ。』

——なぜです？』

——ワタシハ、オマエト、イッショニ、クラスコトガ、デキナクナルモノ。』

——なぜです？』

姉は私の硯箱《すずり》を持って来た。私は眼に一丁字《ていじ》もない彼女が何をするのかと、訝《あや》しんだ。ところが姉は筆に墨をふくめて、いきなり私の顔へ、大きな眼鏡と髭とをかいた。それから私を鏡の前へつれて行った。

——立派な紳士ですね。』と私は鏡の中を見て云った。——

ゴラン！　ソノ、イヤラシイ、オトコハ、オマエダヨ。』

姉は怯えた眼をして首を縦に振った。

私は姉をかき抱いて、涙ながらに、そのザラザラな粗悪な白壁のような頬へ接吻《せっぷん》した。

姉は私の胸の中で、身もだえして唸った。

3

姉は、夜更けてから、血の気の失せた顔をして帰って来て、私にご飯をたべさせてくれた。

どんなに、姉は、私を愛《いつく》しんでくれることであろうか！

姉は腕に太い針で注射をした。——姉の病気はこの頃ではもう体の芯まで喰いやぶっていた。

姉はそして昼間中寝てばかりいた。姉は眠っている時に泣いた。涙が落ちくぼんだ眼の凹《くぼ》みから溢れて流れた。

私は真昼の太陽の射し込む窓の硝子《ガラス》戸に凭《よ》りかかって、半ズボンと靴下との間に生えている脛毛を、ながめてばかりいた。

（――私は、姉を喰べて大きくなったようなものだ。）

私の心は、そんなにひどい苦労をして、私を大人に育て上げてくれた姉に対する感謝の念で責められた。私にとって、姉の見るかげもなく壊れてしまった姿は、黒い大きな悲しみのみだった。私はなぜ、私が大人になるためには、それほどの大きな悲しみが伴われなければならなかったのだろうか、と神様に訊き度《た》かった。……大人になったことも、姉を不仕合《ふしあわ》せにしたことも、私の意志では決してないのだ。親父と二人の阿母《おふくろ》とに、地獄の呪いあれ！……私は堪え難い悲嘆にすっかりおしつぶされてしまって、あげくの果てに、声をしのんで嗚咽《おえつ》するのであった、私は寧《むし》ろ死んでしまいたかった。

私は、一人でじっとしていることがやり切れなくなって、そこで姉を揺《ゆす》り起した。

――姉さん、ごらんなさい。あの雲の中にそびえている大きな建築を。』

私は窓を開け放して、姉に遙かの町の景色を見せてやるのであった。

——僕は、いまに、あれよりももっと立派な大建築をこしらえて、姉さんを住まわしてあげますよ。』

するると、姉は首を上下にうなずかせながら、手真似をして答えた。

——バカヤロウ、アレハ、カンゴクジャナイカ！』

——ちがいますよ！』と私はびっくりして答えた。

——オマエハ、バカダカラ、シラナイノダ。ワタシハ、オオキイウチハ、ミンナ、キライダヨ。』

——では、みんな壊してしまいましょう。」と私は昂然《こうぜん》として云った。

——アンナ、オオキイウチガ、オマエニ、コワセルモノカウソツキ！』

——ダイナマイトで壊します。』

——ソレハ、ナンノコト？』

……薬です……』

私は、黒い本を開いて読み上げた。

『ニトログリセリン　〇・四〇

硝石《しょうせき》　〇・一〇

硫黄《いおう》　〇・二五

粉末ダイアモンド　〇・二五

――ワタシハ、ソノクスリヲ、ノンデ、シニタイト、オモウ……』

4

夕方になると、夕風の吹いている街路へ、姉は肩と頬とを真赤に染めて、草花の空籠《からかご》を風呂敷に包んで、病み衰えた軀《からだ》を引きずって出かけた。

私は窓から、甃石道《しきいしみち》を遠ざかって行《ゆ》く姉の幽霊のように哀れな後姿を、角を曲ってしまうまで見送った。

たそがれの空は、古びた絵のように重々しく静かに、並木の上に横《よこたわ》っていた。

私は、急に胸を轟《とどろか》して、並木の黝《くろ》い蔭を一本一本眺め渡した。私はすぐに派手な、紅い短い上衣《うわぎ》を着た若い女の姿を見つけ出した。彼女は、毎晩、そうして男を待っているのである。待つがほどなく男はやって来る。男は黒いマントを長く着て、黒い大きな眼鏡をかけ、そして黒い見事な髭を生やしていた。私は軍人の父が片見に残していった望遠鏡で男と女との媾曳《あいびき》を覗いた。その事は私に、今までついぞ経験したこともない、不思議なる悦びを感じさせた。私は毎晩毎晩のぞいた。その紅い上衣の女は、しばしば街の飾窓や雑誌などの写真で見覚えのある或る名高い女優らしかった。男は、私を覗く度《たび》毎《ごと》にドキンとさせられるほど、いつか姉が私の顔へ眼鏡と髭とを悪戯書きしたその時の私の人相と、まるでそっくりなのである。

私はそこで顔ばかりでなく、心までがその男と共通のものを持っていたと見えて、その恋人である女優へ、まことにやみがたい恋慕の情を抱きはじめるに至ったものである。

私は姉の眼をぬすんで、ひそかに、黒い眼鏡と黒いつけ髭とを買いととのえた。

そして或晩私は遂《つい》に、その男よりたった一足先廻りをして彼女と会った。

私は毎晩、その男のすべての動作をよく研究して会得していた。私は口笛を軽く吹きながらステッキを振って、ゆっくりと大胆に近づいて行った。女は、そんなに巧みに変装した私にどうして気がつく筈《はず》があろう。果して、彼女は並木の木蔭からいそいそと走り出るとニッコリ笑いかけて、優雅な身振りで可愛らしい両手をさしのべた。私は、恥《はずか》しさと、嬉しさと不安とでぶるぶる慄《ふる》えた。

目近《まぢか》くに見た彼女は何と云う美しい女であろう！　私は彼女のエメロオドのような瞳に、またもぎ立ての果物のような頬に、また紅い花模様の上衣の下にふくらんだ胸に、私の命を捨てても惜しくはなかった。

私は勇気をふるって、鳶《とび》色の木下闇《このしたやみ》で彼女を抱き寄せた。

――いけないわ。』

彼女は危《あやう》く私のつけ髭の上へ唇を外らした。

――ニセ者！』と彼女は私を叱った。

私は、失敗《しま》った、と思った。

――未《ま》だ、つけ髭なんかでごまかしているのね。なぜ、ほんものの髭を生やさないの？』

――姉が、ゆるさないものですから……』と私はどもった。

――姉さんなんか、捨てておしまいなさいよ。」

――あなたは、僕の哀れな姉を、御存知ですか？』

――ほんものの髭が生えるまでは、あたしお会い出来ませんわ。』

――どうぞ！』と私は喘いだ。

――いや！』

彼女は強《したた》か私を振りもぎって立ち去りかけたが、ちょっと足をとめてふり返って、――もしも、髭がほんとに生えたならば、あなたの窓へ、汽車のシグナルみたいな赤い電気をつけてちょうだい。』と云った。そしてまたすたすたと、連《つら》なる並木の蔭へ吸い込まれて行った。

私は茫然と立ちつくすのみであった。

――男は髭を生やさなければ、ほんとうの値打が現われないものであろうか？』

だが、その次にふと私は、頭の中に今頃はどこかの四辻に立って、草花を売っているに違いない、姉のしなびた醜い顔を思い浮かべて、またしても涙に暮れた。

――可哀相な姉よ！

5

――姉さん、どうしたのです？』

姉は、さも憎々しげに私を睨みつけながらうなずいていた。

――オマエ、ヒゲヲ、ハヤス、ツモリカエ？』

――だって、僕はもう大人になったのですから生やしたいのです。』

――オトナハ、ワタシ、キライダ！』

――そんなこと言ったって、無理ですよ。僕は大人になって、姉さんを広い家に住まわせて、仕合せにして上げようと思うのです。』

――イイヨ。カッテニ、スルガイイ。ワタシハ、アノクスリヲノムカラ！』

——薬ですって？』

姉は首を横に振って、机の上の黒い本を開いて見せた。

——ダイナマイトは、また、喰べることも出来ます。』

私は姉のザラザラな粗悪な壁土のような頬に接吻した。

私はそして、姉の見ている前で、剃刀《かみそり》を研いで、うっすらと生えかかって来た髭を剃り落としてしまったのだ。

だが、——またその翌日の夕方になると、私は姉の後姿を窓から見送って、それからさて、れいの並木の方を眺め渡すのであったが、女はその言葉通りあの夜《よ》以来とんと姿を現わさなかった。男の姿も——あの男は、あの夜《よ》五分遅れてやって来て、彼女に思いがけない私と云う新しい恋人の出来たことを見てしまったのでもあろうか、とにかく再び姿を見せなかった。

並木の上に月が出ても、甃石へうつる影は並木ばかりであった。

私は窓の縁《ふち》に、深い溜息をついて、もう決して髭を剃るまいと心に誓った。

6

私の髭は日ましに、青草のように勢《いきおい》よく延び初《は》じめた。今朝目をさまして見ると、もう殆《ほとん》どつけ髭にも劣らないくらい立派に生え揃っていた。

姉は勿論、怒って、泣いた。けれども私は、固い決心をもって姉のたわいもない我儘《わがまま》に抗《さから》った。

――髭を生やすことがなぜいけないのか？

私は、毀《こわ》れてしまった操り人形のように、あわれに精も根も尽き果てた様子で、明るい真昼間の日ざしの中で眠りこけている姉の寝姿を見ていると、自分もつい悲しくなるのだがしかし私は姉をそんなに不倖《ふしあわせ》にしてしまったとしても、それはあくまで自分の罪でないことを、自分の胸に幾度も言いふくめた。……私は、姉の体を喰べても大きくなる事が必要だったのだ。して見れば今になって、唖娘の気紛《きまぐ》れな感傷のために、大人になることを妨げられなければならない理由はどこにもない筈だ。……人生の曙《あけぼの》に立って、私に価値あるものは、哀れな片輪者の涙ではなくして、立派な髭と、そしてあの美しい娘の恋だけである！　と。

――自分は先《ま》ず自由な一本立ちの生活をしなくてはならない、と私は思い立った。

併《しか》し、その前に私は、姉の正体を、姉が一体果して、尋常な路傍の草花売りであるか否かをたしかめたかった。この頃になって気がついた事だが、姉の草花を入れる小《ち》いさな籠に一輪の花はおろか枯れ葉や花の匂《におい》も、ただの一度だって、そこに花なぞの入っていたらしい形跡をみとめ得たためしはなかった。それにそんな籠一杯の花の数が、私達二人の生活を支えるのには、あまりに少なすぎることをも理解するようになったし、私は姉の商売をしているところを見届ける必要があると切実に感じた。

暮方《くれがた》近くになって、姉が眼をさました時に私は姉にたずねた。

――姉さんは、どこで商売するのですか？』

姉は、明《あき》らかにギクリとしたらしかったが、つとめて平静を装って、窓から遙かの夕焼雲の下にそびえ重《か》さなる街をゆびさした。

――アノ、ニギヤカナ、マチデサ。』

――ほんとですか。姉さんの花を売るところを僕に見せて下さい。』

姉は、すると、いよいようろたえた様子であった。

――バカ！　オマエハ、ウチデ、オトナシク、ルスバンヲシテイレバ、ソレデ、イイノダヨ。』

――僕は、いつかしら、屹山《きっと》姉さんに、知れないように、跡をつけて行って見てしまいますよ。」と私は云った。

姉は顔色を変えて唸った。そして劇《はげ》しく、上下に首をふって、泣きじゃくった。

7

哀れな姉は、それでもいつもの時間が来ると、唇と頬とに紅《べに》を塗って、草花の空籠を風呂敷に包んで、夕風の吹いている街路へ出て行った。

私はそれを窓から見送っていた。姉は私を疑って、幾度も幾度も振り返《か》えりながら、甃石道を遠ざかって行った。

姉の姿がほど近い街角を曲り切ってしまうと、私はすぐさまマントを取り上げて、姉の跡を追った。並木の路《みち》を一散に走って行ったので、そこの街角を注意深く曲って眺めた時、私はそんなに骨を折るほどでもなく、姉の一きわ目立ってみじめな、瘦せた肩をば、見出《みいだ》すことが出来た。私はマントをすっぽり頭からかぶって、見えつ隠れつ、姉を尾行した。電車道に沿ったり、坂を上ってまた下りたり、裏町のうす暗がりを抜けたりして、長い長い道のりを姉は小刻みな足どりで歩いて行った、そして遂に、私達の家の窓から雲にそびえて見える、あの宏大な建物ばかりが、押し合い、重さなり合って並んでいる繁華な町へ出た。色とりどりの美しいイルミネエションの中に陽気な広告の楽隊が鳴り響いていた。私はそんな賑《にぎや》かな街区《まち》へ足を踏み入れたのは、全くこれが初めてであったけれども、私はひたすら姉を見失うことをおそれて、高貴なる香水の匂にみちた人波を、押し分け押し分けして、姉を追いかけた。追いかけながら、私はこれほど繁昌な巷《ちまた》に立って見窶《みすぼら》しい唖娘の姉が、取るに足らない草花なぞを売って、果してそれを気にとめて買ってくれる人が少しでもいるのであろうか——これは、いよいよ姉は私を欺いているらしいと考えるのであった。

姉はやがて宏大なるビイルディングの一つをえらんで、些《いささか》の躊躇《ちゅうちょ》もなく這入って行った。そのビイルディングの軒端《のきばた》には『フラワー・ハウス』と云う電飾文字が明滅していた。それで私も黒いマントを脱いで大胆にその玄関へ踏み込んだ。金モールのいかめしい制服を着た門番も、その他《ほか》の誰《たれ》も、私を怪しむ様子はなかった。

姉はやはり私に気がつかないまま地下室の方へ降りて行った。階上の立派さに引き更《か》え、地下室の廊下は、灰色の汚れた壁の間に挟まれて息苦しいほど細《こまか》く、そして低い天井に灯《とも》っている電燈はおそろしく薄暗かった。姉はその廊下の両側に幾つとなく並んだ木の扉《ドア》の一つを開けて、その内側へ消えてしまった。洒《しゃ》落れた身装《みなり》の男達が退屈そうに廊下を往ったり来たりしながら、時々それらの扉《ドア》の前に佇んだ。私は暫くためらった後《のち》に、リノレウムの上に跫音《あしおと》を忍ばせて、マントをかぶってそっと姉の隠れた部屋へ近寄って見た。

木の扉《ドア》に、いつか私が姉に頼まれて書いてやった覚えのある値段書が、もう色褪せて貼られてあった。

室咲《むろざき》名花	
ダリヤ……………………	五十銭
シクラメン………………	五十銭
菊………………………	時価

そしてそれより少し上の、ちょうど私の眼の高さくらいのあたりに手首の這入るほどの円い穴があけてあって部屋の中を覗けるように出来ていた。私はそこから恐る恐る覗いて見た。部屋の中にはうす桃色の灯《ひ》がともされて、その下にたった一つ粗末な木造《きづくり》の寝臺《しんだい》があって、それへ姉が一人で腰かけていた。何時《いつ》の間に着更えたのか、姉は肩のピ

ンと糊でつっ張った、紫と白との疎《あら》い棒縞の衣裳を着ていた。姉の紅で濃く染めた顔はたえ難く愁《さび》しく私の心臓をひき裂いてしまった。

――どうです、綺麗な花ですか？』

にやけた山高帽をかぶった不良少年が、私の肩を敲《たた》いて通り過ぎた。私は我を忘れて、コツコツと扉《ドア》を打った。

姉は耳敏くそれを聞きつけると、私の覗いている扉《ドア》の穴へ向ってニッと笑って見せた。私は周章《あわ》て、廊下の端《はず》れまで走って、そこのうすくらがりの中へうずくまった。

姉は扉《ドア》をあけて首をさしのべた。それから玄関へ上る階段のところまで行ってみたが、彼女のお客の姿はどこにも見当らなかったので、落胆《がっかり》したらしい様子で肩をすぼめて部屋の中へ引込んで行った。私はそこで再び取って返すと、もう一度丸穴から覗き込みながらコツコツと扉《ドア》を敲いた。

姉はやはりいそいそと身を起した。

私は前の時のように廊下の隅っこで、姉の出て来るのを待った。姉は扉《ドア》から首を出して見て、それからまた階段の方へ歩いて行った。私はその隙に素早く部屋の中へ飛び込んで、寝臺の下へもぐった。

二度も誑《たぶら》かされた姉は、溜息を吐《つ》きながら戻って来た。私の眼の前に姉の痩せ細った脚がぶら下った。私はあらん限りの勇気を奮い起して、泣き度《た》い心を抑えつけた。

――コツコツ、コツコツ。』と扉《ドア》が鳴った。

姉は懲りもしないで、直《す》ぐに立って行って扉《ドア》をあけた。

だが、今度は本当にお客様であった。その花を買うお客は頭も顔もつるつる光った肥っちょの紳士であった。紳士は物をも言わずに姉を抱き寄せた。……紳士がどんな見るに堪えない侮辱を姉に加えたか、私は語り度《た》くない。

私はとにかく、突然寝臺の下から躍り出してその紳士を襲った。私は紳士の背部深く短刀を突き刺した。……哀れな姉は、紳士の胸の中で気を失って、一緒に床の上に倒れた。

私は短刀を姉の手に握らせた。

それから、私は血に塗《ま》みれた手を洗面臺《だい》ですっかり洗い落として、さて落ちつき払ってその部屋を立ち出でた。

8

私はたえてない楽しい気持で家路を辿った。

何と云う思いがけない幸福が向いて来たものであろう！

私の勇気は、あらゆる人生の不倖をうち亡ぼしてしまったではないか。

おそらく姉は、今頃は警察の手に抑えられて、そして、

――この十万長者を殺したのはお前であろう。ウム、よろしい金が欲しさに殺したと云うのだな。』

と云う署長の厳しい問《とい》に対して、彼女は何度でも首を縦に振って、狂気のようにうなずいていることであろう。

もう、今夜からは夜更けて姉が帰って来る憂いはない。

可哀相な姉よ！

だが、私は髭もすでに立派に生えたし、これからは誰《たれ》に憚《はばか》るところもなく、一人前の大人として世を渡って行《ゆ》くことが出来るのだ。

私は途中で、汽車のシグナルのような赤いランプを一つお土産《みやげ》に買った。その赤いランプを、今は私が唯一の主人である我家の窓へとりつけて、私の美しい恋人を呼びとめてやるためであることは言うまでもない。

犯人

太宰治

「僕はあなたを愛しています」とブールミンは言った「心から、あなたを、愛しています」

マリヤ・ガヴリーロヴナは、さっと顔をあからめて、いよいよ深くうなだれた。

――プウシキン（吹雪）

なんという平凡。わかい男女の恋の会話は、いや、案外おとなどうしの恋の会話も、はたで聞いていては、その陳腐《ちんぷ》、きざったらしさに全身鳥肌《とりはだ》の立つ思いがする。

けれども、これは、笑ってばかりもすまされぬ。おそろしい事件が起った。

同じ会社に勤めている若い男と若い女である。男は二十六歳、鶴田《つるた》慶助。同僚は、鶴、鶴、と呼んでいる。女は、二十一歳、小森ひで、同僚は、森ちゃん、と呼んでいる。鶴と、森ちゃんとは、好き合っている。

晩秋の或《あ》る日曜日、ふたりは東京郊外の井《い》の頭《かしら》公園であいびきをした。午前十時。

時刻も悪ければ、場所も悪かった。けれども二人には、金が無かった。いばらの奥深く掻《か》きわけて行っても、すぐ傍《そば》を分別顔《ふんべつがお》の、子供づれの家族がとおる。ふたり切りになれない。ふたりは、お互いに、ふたり切りになりたくてたまらないのに、でも、それを相手に見破られるのが羞《はずか》しいので、空の蒼《あお》さ、紅葉のはかなさ、美しさ、空気の清浄、社会の混沌《こんとん》、正直者は馬鹿を見る、等という事を、すべて上《うわ》の空《そら》で語り合い、お弁当はわけ合って食べ、詩以外には何も念頭に無いというあどけない表情を努《つと》めて、晩秋の寒さをこらえ、午後三時には、さすがに男は浮かぬ顔になり、

「帰ろうか。」

と言う。

「そうね。」

と女は言い、それから一言、つまらぬことを口走った。

「一緒に帰れるお家があったら、幸福ね。帰って、火をおこして、……三畳一間でも、……」

笑ってはいけない。恋の会話は、かならずこのように陳腐なものだが、しかし、この一言が、若い男の胸を、柄《つか》もとおれと突き刺した。

部屋。

鶴は会社の世田谷の寮にいた。六畳一間に、同僚と三人の起居である。森ちゃんは高円寺の、叔母《おば》の家に寄寓《きぐう》。会社から帰ると、女中がわりに立ち働く。

鶴の姉は、三鷹《みたか》の小さい肉屋に嫁《とつ》いでいる。あそこの家の二階が二間。

鶴はその日、森ちゃんを吉祥寺《きちじょうじ》駅まで送って、森ちゃんには高円寺行きの切符を、自分は三鷹行きの切符を買い、プラットフオムの混雑にまぎれて、そっと森ちゃんの手を握ってから、別れた。部屋を見つける、という意味で手を握ったのである。

「や、いらっしゃい。」

店では小僧がひとり、肉切庖丁《ぼうちょう》をといでいる。

「兄さんは？」

「おでかけです。」

「どこへ？」

「寄り合い。」

「また、飲みだな？」

義兄は大酒飲みである。家で神妙に働いている事は珍らしい。

「姉さんはいるだろう。」

「ええ、二階でしょう？」

「あがるぜ。」

姉は、ことしの春に生れた女の子に乳をふくませ添寝《そいね》していた。

「貸してもいいって、兄さんは言っていたんだよ。」

「そりゃそう言ったかもしれないけど、あのひとの一存では、きめられませんよ。私のほうにも都合があります。」

「どんな都合？」

「そんな事は、お前さんに言う必要は無い。」

「パンパンに貸すのか？」

「そうでしょう。」

「姉さん、僕はこんど結婚するんだぜ。たのむから貸してくれ。」

「お前さんの月給はいくらなの？　自分ひとりでも食べて行けないくせに。部屋代がいまどれくらいか、知ってるのかい。」

「そりゃ、女のひとにも、いくらか助けてもらって、……」

「鏡を見たことがある？　女にみつがせる顔かね。」

「そうか。いい。たのまない。」

立って、二階から降り、あきらめきれず、むらむらと憎しみが燃えて逆上し、店の肉切庖丁を一本手にとって、

「姉さんが要《い》るそうだ。貸して。」

と言い捨て階段をかけ上り、いきなり、やった。

姉は声も立てずにたおれ、血は噴出して鶴の顔にかかる。部屋の隅《すみ》にあった子供のおしめで顔を拭《ふ》き、荒い呼吸をしながら下の部屋へ行き、店の売上げを入れてある手文庫から数千円わしづかみにしてジャンパーのポケットにねじ込み、店にはその時お客が二、三人かたまってはいって来て、小僧はいそがしく、

「お帰りですか？」

「そう。兄さんによろしく。」

外へ出る。黄昏《たそが》れて霧が立ちこめ、会社のひけどきの混雑。掻きわけて駅にすすむ。東京までの切符を買う。プラットフォムで、上りの電車を待っているあいだの永かった

こと。わっ！　と叫び出したい発作。悪寒《おかん》。尿意。自分で自分の身の上が、信じられなかった。他人の表情がみな、のどかに、平和に見えて、薄暗いプラットフォムに、ひとり離れて立ちつくし、ただ荒い呼吸をし続けている。

　ほんの四、五分待っていただけなのだが、すくなくとも三十分は待った心地である。電車が来た。混《こ》んでいる。乗る。電車の中は、人の体温で生あたたかく、そうして、ひどく速力が鈍い。電車の中で、走りたい気持。

吉祥寺、西荻窪《おぎくぼ》、……おそい、実にのろい。電車の窓のひび割れたガラスの、そのひびの波状の線のとおりに指先をたどらせ、撫《な》でさすって思わず、悲しい溜息《ためいき》をもらした。

　高円寺。降りようか。一瞬ぐらぐらめまいした。森ちゃんに一目あいたくて、全身が熱くなった。姉を殺した記憶もふっ飛ぶ。いまはただ、部屋を借りられなかった失敗の残念だけが、鶴の胸をしめつける。ふたり一緒に会社から帰って、火をおこして、笑い合いながら夕食して、ラジオを聞いて寝る、その部屋が、借りられなかった口惜しさ。人を殺した恐怖など、その無念の情にくらべると、もののかずでないのは、こいをしている若者の場合、きわめて当然の事なのである。

　烈《はげ》しく動揺して、一歩、扉口のほうに向って踏み出した時、高円寺発車。すっと扉が閉じられる。

ジャンパーのポケットに手をつっ込むと、おびただしい紙屑《かみくず》が指先に当る。何だろう。はっと気がつく。金だ。ほのぼのと救われる。よし、遊ぼう。鶴は若い男である。

東京駅下車。ことしの春、よその会社と野球の試合をして、勝って、その時、上役に連れられて、日本橋の「さくら」という待合に行き、スズメという鶴よりも二つ三つ年上の芸者にもてた。それから、飲食店閉鎖《へいさ》の命令の出る直前に、もういちど、上役のお供で「さくら」に行き、スズメに逢った。

「閉鎖になっても、この家へおいでになって私を呼んで下さったら、いつでも逢えますわよ。」

鶴はそれを思い出し、午後七時、日本橋の「さくら」の玄関に立ち、落ちついて彼の会社の名を告げ、スズメに用事がある、と少し顔を赤くして言い、女中にも誰にもあやしまれず、奥の二階の部屋に通され、早速ドテラに着かえながら、お風呂は？　とたずね、どうぞ、と案内せられ、その時、

「ひとりものは、つらいよ。ついでにお洗濯だ。」

とはにかんだ顔をして言って、すこし血痕《けっこん》のついているワイシャツとカラアをかかえ込み、

「あら、こちらで致しますわ。」

と女中に言われて、

「いや、馴《な》れているんです。うまいものです。」

と極めて自然に断る。

血痕はなかなか落ちなかった。洗濯をすまし、鬚《ひげ》を剃《そ》って、いい男になり、部屋へ帰って、洗濯物は衣桁《いこう》にかけ、他の衣類をたんねんに調べて血痕のついていないのを見とどけ、それからお茶をつづけさまに三杯飲み、ごろりと寝ころがって眼をとじたが、寝ておられず、むっくり起き上ったところへ、素人《しろうと》ふうに装ったスズメがやって来て、

「おや、しばらく。」

「酒が手にはいらないかね。」

「はいりますでしょう。ウイスキイでも、いいの?」

「かまわない。買ってくれ。」

ジャンパーのポケットから、一つかみの百円紙幣を取り出して、投げてやる。

「こんなに、たくさん要《い》らないわよ。」

「要るだけ、とればいいじゃないか。」

「おあずかり致します。」

「ついでに、たばこもね。」

「たばこは？」

「軽いのがいい。手巻きは、ごめんだよ。」

スズメが部屋から出て行ったとたんに、停電。まっくら闇の中で、鶴は、にわかにおそろしくなった。ひそひそ何か話声が聞える。しかし、それは空耳だった。廊下で、忍ぶ足音が聞える。しかし、それも空耳であった。鶴は呼吸が苦しく、大声挙げて泣きたいと思ったが、一滴の涙も出なかった。ただ、胸の鼓動が異様に劇《はげ》しく、脚が抜けるようにだるかった。鶴は寝ころび、右腕を両眼に強く押しあて、泣く真似をした。そうして小声で、森ちゃんごめんよ、と言った。

「こんばんは。慶ちゃん。」鶴の名は、慶助である。

蚊《か》の泣くような細い女の声で、そう言うのを、たしかに聞き、髪の逆立つ思いで狂ったようにはね起き、襖《ふすま》をあけて廊下に飛び出た。廊下は、しんの闇で、遠くから幽《かす》かに電車の音が聞えた。

階段の下が、ほの明るくなり、豆ランプを持ったスズメがあらわれ、鶴を見ておどろき、

「ま、あなた、何をしていらっしゃる。」

豆ランプの光で見るスズメの顔は醜《みに》くかった。森ちゃんが、こいしい。

「ひとりで、こわかったんだよ。」

「闇屋さん、闇におどろく。」

自分があのお金を、何か闇商売でもやってもうけたものと、スズメが思い込んでいるらしいのを知って、鶴は、ちょっと気が軽くなり、はしゃぎたくなった。

「酒は？」

「女中さんにたのみました。すぐ持ってまいりますって。このごろは、へんに、ややこしくって、いやねえ。」

ウイスキイ、つまみもの、煙草。女中は、盗人の如《ごと》く足音を忍ばせて持ち運んで来た。

「おしずかに、お飲みになって下さいよ。」

「心得ている。」

鶴は、大闇師のように、泰然《たいぜん》とそう答えて、笑った。

　その下には紺碧《こんぺき》にまさる青き流れ、
　その上には黄金《こがね》なす陽の光。
されど、

憩《いこ》いを知らぬ帆は、
嵐の中にこそ平穏のあるが如くに、
せつに狂瀾怒濤《きょうらんどとう》をのみ求むる也《なり》。

あわれ、あらしに憩いありとや。鶴は所謂《いわゆる》文学青年では無い。頗《すこぶ》るのんきな、スポーツマンである。けれども、恋人の森ちゃんは、いつも文学の本を一冊か二冊、ハンドバッグの中に入れて持って歩いて、そうしてけさの、井の頭公園のあいびきの時も、レエルモントフとかいう、二十八歳で決闘して倒れたロシヤの天才詩人の詩集を鶴に読んで聞かせて、詩などには、ちっとも何も興味の無かった鶴も、その詩集の中の詩は、すべて大いに気にいって、殊《こと》にも「帆」という題の若々しく乱暴な詩は、最も彼の現在の恋の心にぴったりと来たのだそうで、彼は森ちゃんに命じて何度も何度も繰りかえして朗読させたものである。

嵐の中にこそ、平穏、……。あらしの中にこそ、……。

鶴は、スズメを相手に、豆ランプの光のもとでウイスキイを飲み、しだいに楽しく酔って行った。午後十時ちかく、部屋の電燈がパッとついたが、しかし、その時にはもう、電燈の光も、豆ランプのほのかな光さえ、鶴には必要でなかった。

あかつき。

ドオウン。その気配を見た事のあるひとは知っているだろう。日の出以前のあの暁《ドオウン》の気配は、決して爽快《そうかい》なものではない。おどろおどろ神々の怒りの太鼓の音が聞えて、朝日の光とまるっきり違う何の光か、ねばっこい小豆《あずき》色の光が、樹々の梢《こずえ》を血なま臭く染める。陰惨、酸鼻《さんび》の気配に近い。

鶴は、厠《かわや》の窓から秋のドオウンの凄《すご》さを見て、胸が張り裂けそうになり、亡者のように顔色を失い、ふらふら部屋へ帰り、口をあけて眠りこけているスズメの枕元にあぐらをかき、ゆうべのウイスキイの残りを立てつづけにあおる。

金はまだある。

酔いが発して来て、蒲団《ふとん》にもぐり込み、スズメを抱く。寝ながら、またウイスキイをあおる。とろとろと浅く眠る。眼がさめる。にっちもさっちも行かない自分のいまの身の上が、いやにハッキリ自覚せられ、額《ひたい》に油汗がわいて出て来て、悶《もだ》え、スズメにさらにウイスキイを一本買わせる。飲む。抱く。とろとろ眠る。眼がさめると、また飲む。

やがて夕方、ウイスキイを一口飲みかけても吐きそうになり、

「帰る。」

と、苦しい息の下から一ことそう言うのさえやっとで、何か冗談を言おうと思っても、

すぐ吐きそうになり、黙って這《は》うようにして衣服を取りまとめ、スズメに手伝わせて、どうやら身なりを整え、絶えず吐き気とたたかいながら、つまずき、よろめき、日本橋の待合「さくら」を出た。

外は冬ちかい黄昏《たそがれ》。あれから、一昼夜。橋のたもとの、夕刊を買う人の行列の中にはいる。三種類の夕刊を買う。片端から調べる。出ていない。出ていないのが、かえって不安であった。記事差止め。秘密裡に犯人を追跡しているのに違い無い。

こうしては、おられない。金のある限りは逃げて、そうして最後は自殺だ。

鶴は、つかまえられて、そうして肉親の者たち、会社の者たちに、怒られ悲しまれ、気味悪がられ、ののしられ、うらみを言われるのが、何としても、イヤで、おそろしくてたまらなかった。

しかし、疲れている。

まだ、新聞には出ていない。

鶴は度胸をきめて、会社の世田谷の寮に立ち向う。自分の巣で一晩ぐっすり眠りたかった。

寮では六畳一間に、同僚と三人で寝起きしている。同僚たちは、まちに遊びに出たらしく、留守である。この辺は所謂《いわゆる》便乗線とかいうものなのか、電燈はつく。鶴の机の上には、コップに投げいれられた銭菊《ぜにぎく》が、少し花弁が黒ずんでしなびたまま、主人の帰りを待っていた。

黙って蒲団をひいて、電燈を消して、寝た、が、すぐまた起きて、電燈をつけて、寝て、片手で顔を覆《おお》い、小声で、あああ、と言って、やがて、死んだように深く眠る。

朝、同僚のひとりにゆり起された。

「おい、鶴。どこを、ほっつき歩いていたんだ。三鷹の兄さんから、何べんも会社へ電話が来て、われわれ弱ったぞ。鶴がいたなら、大至急、三鷹へ寄こしてくれるようにという電話なんだ。急病人でも出来たんじゃないか？　ところがお前は欠勤で、寮にも帰って来ないし、森ちゃんも心当りが無いと言うし、とにかくきょうは三鷹へ行って見ろ。ただ事でないような兄さんの口調だったぜ。」

鶴は、総毛立《そうけだ》つ思いである。

「ただ、来いとだけ言ったのか。他には、何も？」

既にはね起きてズボンをはいている。

「うん、何でも急用らしい。すぐ行って来たほうがいい。」

「行って来る。」

何が何だか、鶴にはわけがわからなくなって来た。自分の身の上が、まだ、世間とつながる事が出来るのか。一瞬、夢見るような気持になったが、あわててそれを否定した。自分は人類の敵だ。殺人鬼である。

既に人間では無いのである。世間の者どもは全部、力を集中してこの鬼一匹を追い廻しているのだ。もはや、それこそ蜘蛛《くも》の巣のように、自分をつかまえる網が行く先、行く先に張りめぐらされているのかも知れぬ。しかし、自分にはまだ金がある。金さえあれば、つかのまでも、恐怖を忘れて遊ぶ事が出来る。逃げられるところまでは、逃げてみたい。どうにもならなくなった時には、自殺。

鶴は洗面所で歯を強くみがき、歯ブラシを口にふくんだまま食堂に行き、食卓に置かれてある数種類の新聞のうらおもてを殺気立った眼つきをして調べる。出ていない。どの新聞も、鶴の事については、ひっそり沈黙している。この不安。スパイが無言で自分の背後に立っているような不安。ひたひたと眼に見えぬ洪水が闇の底を這って押し寄せて来ているような不安。いまに、ドカンと致命的な爆発が起りそうな不安。

鶴は洗面所で嗽《うが》いして、顔も洗わず部屋へ帰って押入れをあけ、自分の行李《こうり》の中から、夏服、シャツ、銘仙《めいせん》の袷《あわせ》、兵古帯《へこおび》、毛布、運動靴、スルメ三把《ば》、銀笛、アルバム、売却できそうな品物を片端から取り出して、リュックにつめ、机上の目覚時計までジャンパーのポケットにいれて、朝食もとらず、

「三鷹へ行って来る。」

と、かすれた声で呟《つぶや》くように言い、リュックを背負っておろおろ寮を出る。

まず、井の頭線で渋谷に出る。渋谷で品物を全部たたき売る。リュックまで売り捨てる。五千円以上のお金がはいった。

渋谷から地下鉄。新橋下車。銀座のほうに歩きかけて、やめて、川の近くのバラックの薬局から眠り薬ブロバリン、二百錠入を一箱買い求め、新橋駅に引きかえし、大阪行きの切符と急行券を入手した。大阪へ行ってどうするというあても無いのだが、汽車に乗ったら、少しは不安も消えるような気がしたのであった。それに、鶴はこれまで一度も関西に行った事が無い。この世のなごりに、関西で遊ぶのも悪くなかろう。関西の女は、いいそうだ。自分には、金があるのだ。一万円ちかくある。

駅の附近のマーケットから食料品をどっさり仕入れ、昼すこし過ぎ、汽車に乗る。急行列車は案外にすいていて、鶴は楽に座席に腰かけられた。

汽車は走る。鶴は、ふと、詩を作ってみたいと思った。無趣味な鶴にとって、それは奇怪といってもよいほど、いかにも唐突きわまる衝動であった。たしかに生れてはじめて味う本当にへんな誘惑であった。人間は死期が近づくにつれて、どんなに俗な野暮天《やぼてん》でも、奇妙に、詩というものに心をひかれて来るものらしい。辞世の歌とか俳句とかいうものを、高利貸でも大臣でも、とかくよみたがるようではないか。

鶴は、浮かぬ顔して、首を振り、胸のポケットから手帖を取り出し、鉛筆をなめた。うまく出来たら、森ちゃんに送ろう。かたみである。

鶴は、ゆっくり手帖に書く。


われに、ブロバリン、二百錠あり。

飲めば、死ぬ。

いのち、

それだけ書いて、もうつまってしまった。あと、何も書く事が無い。読みかえしてみても一向に、つまらない。下手《へた》である。鶴は、にがいものを食べたみたいに、しんから不機嫌そうに顔をしかめた。手帖のそのページを破り捨てる。詩は、あきらめて、こんどは、三鷹の義兄に宛《あ》てた遺書の作製をこころみる。


私は死にます。

こんどは、犬か猫になって生れて来ます。

もうまた、書く事が無くなった。しばらく、手帖のその文面を見つめ、ふっと窓のほうに顔をそむけ、熟柿《じゅくし》のような醜い泣きべその顔になる。

さて、汽車は既に、静岡県下にはいっている。

それからの鶴の消息については、鶴の近親の者たちの調査も推測も行きとどかず、どうもはっきりは、わからない。

五日ほど経《た》った早朝、鶴は、突如、京都市左京区の某商会にあらわれ、かつて戦友だったとかいう北川という社員に面会を求め、二人で京都のまちを歩き、鶴は軽快に古着屋ののれんをくぐり、身につけていたジャンパー、ワイシャツ、セーター、ズボン、冗談を言いながら全部売り払い、かわりに古着の兵隊服上下を買い、浮いた金で昼から二人で酒を飲み、それから、大陽気で北川という青年とわかれ、自分ひとり京阪四条駅から大津に向う。なぜ、大津などに行ったのかは不明である。

宵《よい》の大津をただふらふら歩き廻り、酒もあちこちで、かなり飲んだ様子で、同夜八時頃、大津駅前、秋月旅館の玄関先に泥酔の姿で現われる。

江戸っ子らしい巻舌で一夜の宿を求め、部屋に案内されるや、すぐさま仰向に寝ころがり、両脚を烈しくばたばたさせ、番頭の持って行った宿帳には、それでもちゃんと正しく住所姓名を記し、酔い覚めの水をたのみ、やたらと飲んで、それから、その水でブロバリン二百錠一気にやった模様である。

鶴の死骸《しがい》の枕元には、数種類の新聞と五十銭紙幣二枚と十銭紙幣一枚、それだけ散らばって在ったきりで、他には所持品、皆無であったそうである。

鶴の殺人は、とうとう、どの新聞にも出なかったけれども、鶴の自殺は、関西の新聞の片隅に小さく出た。

京都の某商会に勤めている北川という青年はおどろき、大津に急行する。宿の者とも相談し、とにかく、鶴の東京の寮に打電する。寮から、人が、三鷹の義兄の許《もと》に馳《は》せつける。

姉の左腕の傷はまだ糸が抜けず、左腕を白布で首に吊《つ》っている。義兄は、相変らず酔っていて、

「おもて沙汰にしたくねえので、きょうまであちこち心当りを捜していたのが、わるかった。」

姉はただもう涙を流し、若い者の阿呆らしい色恋も、ばかにならぬと思い知る。

疑惑

芥川龍之介

今ではもう十年あまり以前になるが、ある年の春私《わたくし》は実践倫理学《じっせんりんりがく》の講義を依頼されて、その間《あいだ》かれこれ一週間ばかり、岐阜県《ぎふけん》下の大垣町《おおがきまち》へ滞在する事になった。元来地方有志なるものの難有《ありがた》迷惑な厚遇に辟易《へきえき》していた私は、私を請待《せいだい》してくれたある教育家の団体へ予《あらかじ》め断りの手紙を出して、送迎とか宴会とかあるいはまた名所の案内とか、そのほかいろいろ講演に附随する一切の無用な暇つぶしを拒絶したい旨希望しておいた。すると幸《さいわい》私の変人だと云う風評は夙《つと》にこの地方にも伝えられていたものと見えて、やがて私が向うへ行くと、その団体の会長たる大垣町長の斡旋《あっせん》によって、万事がこの我儘な希望通り取計らわれたばかりでなく、宿も特に普通の旅館を避けて、町内の素封家《そほうか》N氏の別荘とかになっている閑静な住居《すまい》を周旋された。私がこれから話そうと思うのは、その滞在中《たいざいちゅう》その別荘で偶然私が耳にしたある悲惨な出来事の顛末《てんまつ》である。

その住居《すまい》のあるところは、巨鹿城《ころくじょう》に近い廓町《くるわまち》の最も俗塵に遠い一区画だった。殊に私の起臥《きが》していた書院造りの八畳は、日当りこそ悪い憾《うらみ》はあったが、障子襖《しょうじふすま》もほどよく寂びのついた、いかにも落着きのある座敷だった。私の世話を焼いてくれる別荘番の夫婦者は、格別用のない限り、いつも勝手に下っていたから、このうす暗い八畳の間《ま》は大抵森閑として人気《ひとけ》がなかった。それは御影《みかげ》の手水鉢《ちょうずばち》の上に枝を延ばしている木蓮《もくれん》が、時々白い花を落すのでさえ、明《あきらか》に聞き取れるような静かさだった。毎日午前だけ講演に行った私は、午後と夜とをこの座敷で、はなはだ泰平に暮す事が出来た。が、同時にまた、参考書と着換えとを入れた鞄のほかに何一つない私自身を、春寒く思う事も度々あった。

もっとも午後は時折来る訪問客に気が紛《まぎ》れて、さほど寂しいとは思わなかった。が、やがて竹の筒《つつ》を台にした古風なランプに火が燈《とも》ると、人間らしい気息《いぶき》の通う世界は、たちまちそのかすかな光に照される私の周囲だけに縮まってしまった。しかも私にはその周囲さえ、決して頼もしい気は起させなかった。私の後《うしろ》にある床《とこ》の間《ま》には、花も活《い》けてない青銅の瓶《かめ》が一つ、威《い》かつくどっしりと据えてあった。そうしてその上には怪しげな楊柳観音《ようりゅうかんのん》の軸が、煤《すす》けた錦襴《きんらん》の表装《ひょうそう》の中に朦朧《もうろう》と墨色《ぼくしょく》を弁じていた。私は折々書見の眼をあげて、この古ぼけた仏画をふり返ると、必ず炷《た》きもしない線香がどこかで匂《にお》っているような心もちがした。それほど座敷の中には寺らしい閑寂の気が罩《こも》っていた。だから私はよく早寝をした。が、床にはいっても容易に眠くはならなかった。雨戸の外では夜鳥《よどり》の声が、遠近《えんきん》を定めず私を驚かした。その声はこの住居《すまい》の上にある天主閣《てんしゅかく》を心に描かせた。昼見るといつも天主閣は、蓊鬱《おううつ》とした松の間に三層《さんぞう》の白壁《しらかべ》を畳みながら、その反《そ》り返った家根の空へ無数の鴉《からす》をばら撒《ま》いている。――私はいつかうとうとと浅い眠に沈みながら、それでもまだ腹の底には水のような春寒《はるさむ》が漂っているのを意識した。

するとある夜の事――それは予定の講演日数が将《まさ》に終ろうとしている頃であった。私はいつもの通りランプの前にあぐらをかいて、漫然と書見に耽《ふけ》っていると、突然次の間との境の襖が無気味なほど静に明いた。その明いたのに気がついた時、無意識にあの別荘番を予期していた私は、折よく先刻書いておいた端書の投函《とうかん》を頼もうと思って、何気なくその方を一瞥した。するとその襖側《ふすまぎわ》のうす暗がりには、私の全く見知らない四十《しじゅう》恰好《がっこう》の男が一人、端然として坐っていた。実を云えばその瞬間、私は驚愕《きょうがく》――と云うよりもむしろ迷信的な恐怖に近い一種の感情に脅《おびや》かされた。また実際その男は、それだけのショックに価すべく、ぼんやりしたランプの光を浴びて、妙に幽霊じみた姿を具えていた。が、彼は私と顔を合わすと、昔風に両肱《りょうひじ》を高く張って恭しく頭《かしら》を下げながら、思ったよりも若い声で、ほとんど機械的にこんな挨拶の言《ことば》を述べた。

「夜中《やちゅう》、殊に御忙しいところを御邪魔に上りまして、何とも申し訳の致しようはございませんが、ちと折入って先生に御願い申したい儀がございまして、失礼をも顧ず、参上致したような次第でございます。」

ようやく最初のショックから恢復《かいふく》した私は、その男がこう弁じ立てている間に、始めて落着いて相手を観察した。彼は額の広い、頬《ほお》のこけた、年にも似合わず眼に働きのある、品の好《い》い半白《はんぱく》の人物だった。それが紋附でこそなかったが、見苦しからぬ羽織袴で、しかも膝のあたりにはちゃんと扇面を控えていた。ただ、咄嗟《とっさ》の際にも私の神経を刺戟したのは、彼の左の手の指が一本欠けている事だった。私はふとそれに気がつくと、我知らず眼をその手から外《そ》らさないではいられなかった。

「何か御用ですか。」

私は読みかけた書物を閉じながら、無愛想にこう問いかけた。云うまでもなく私には、彼の唐突な訪問が意外であると共に腹立しかった。と同時にまた別荘番が一言《いちごん》もこの客来《らい》を取次がないのも不審だった。しかしその男は私の冷淡な言葉にもめげないで、もう一度額を畳につけると、相不変朗読《あいかわらずろうどく》でもしそうな調子で、

「申し遅れましたが、私《わたくし》は中村玄道《なかむらげんどう》と申しますもので、やはり毎日先生の御講演を伺いに出ておりますが、勿論多数の中でございますから、御見覚えもございますまい。どう

かこれを御縁にして、今後はまた何分ともよろしく御指導のほどを御願い致します。」

私はここに至って、ようやくこの男の来意が呑みこめたような心もちがした。が、夜《や》中《ちゅう》書見の清興《せいきょう》を破られた事は、依然として不快に違いなかった。

「すると――何か私の講演に質疑でもあると仰有《おっしゃ》るのですか。」

こう尋ねた私は内心ひそかに、「質疑なら明日《みょうにち》講演場で伺いましょう。」と云う体《てい》の善い撃退の文句を用意していた。しかし相手はやはり顔の筋肉一つ動かさないで、じっと袴の膝の上に視線を落しながら、

「いえ、質疑ではございません。ございませんが、実は私一身のふり方につきまして、善悪とも先生の御意見を承りたいのでございます。と申しますのは、唯今からざっと二十年ばかり以前、私はある思いもよらない出来事に出合いまして、その結果とんと私にも私自身がわからなくなってしまいました。つきましては、先生のような倫理学界の大家の御説を伺いましたら、自然分別もつこうと存じまして、今晩はわざわざ推参致したのでございます。いかがでございましょう。御退屈でも私の身の上話を一通り御聴き取り下さる訳には参りますまいか。」

私は答に躊躇《ちゅうちょ》した。なるほど専門の上から云えば倫理学者には相違ないが、そうかと云ってまた私は、その専門の知識を運転させてすぐに当面の実際問題への霊活《れいかつ》な解決を

与え得るほど、融通の利《き》く頭脳の持ち主だとは遺憾ながら己惚《うぬぼ》れる事が出来なかった。するると彼は私の逡巡《しゅんじゅん》に早くも気がついたと見えて、今まで袴《はかま》の膝の上に伏せていた視線をあげると、半ば歎願するように、怯《お》ず怯《お》ず私の顔色《かおいろ》を窺いながら、前よりやや自然な声で、慇懃《いんぎん》にこう言葉を継《つ》いだ。

「いえ、それも勿論強いて先生から、是非の御判断を伺わなくてはならないと申す訳ではございません。ただ、私がこの年になりますまで、始終頭を悩まさずにはいられなかった問題でございますから、せめてその間の苦しみだけでも先生のような方の御耳に入れて、多少にもせよ私自身の心やりに致したいと思うのでございます。」

こう云われて見ると私は、義理にもこの見知らない男の話を聞かないと云う訳には行かなかった。が、同時にまた不吉な予感と茫漠とした一種の責任感とが、重苦しく私の心の上にのしかかって来るような心もちもした。私はそれらの不安な感じを払い除けたい一心から、わざと気軽らしい態度を装《よそお》って、うすぼんやりしたランプの向うに近々と相手を招じながら、

「ではとにかく御話だけ伺いましょう。もっともそれを伺ったからと云って、格別御参考になるような意見などは申し上げられるかどうかわかりませんが。」

「いえ、ただ、御聞きになってさえ下されば、それでもう私には本望すぎるくらいでご

ざいます。」

中村玄道《なかむらげんどう》と名のった人物は、指の一本足りない手に畳の上の扇子をとり上げると、時々そっと眼をあげて私よりもむしろ床の間の楊柳観音《ようりゅうかんのん》を偸《ぬす》み見ながら、やはり抑揚《よくよう》に乏しい陰気な調子で、とぎれ勝ちにこう話し始めた。

ちょうど明治二十四年の事でございます。御承知の通り二十四年と申しますと、あの濃尾《のうび》の大地震《おおじしん》がございました年で、あれ以来この大垣《おおがき》もがらりと容子《ようす》が違ってしまいましたが、その頃町には小学校がちょうど二つございまして、一つは藩侯の御建てになったもの、一つは町方《まちかた》の建てたものと、こう分れておったものでございます。私はその藩侯の御建てになったK小学校へ奉職しておりましたが、二三年前《まえ》に県の師範学校を首席で卒業致しましたのと、その後《のち》また引き続いて校長などの信用も相当にございましたのとで、年輩にしては高級な十五円と云う月俸を頂戴致しておりました。唯今でこそ十五円の月給取は露命も繋《つな》げないぐらいでございましょうが、何分二十年も以前の事で、十分とは参りませんまでも、暮しに不自由はございませんでしたから、同僚の中でも私な

どは、どちらかと申すと羨望《せんぼう》の的になったほどでございました。

家族は天にも地にも妻一人で、それもまだ結婚してから、ようやく二年ばかりしか経たない頃でございました。妻は校長の遠縁のもので、幼い時に両親に別れてから私の所へ片づくまで、ずっと校長夫婦が娘のように面倒を見てくれた女でございます。名は小《さ》夜《よ》と申しまして、私の口から申し上げますのも、異なものでございますが、至って素直な、はにかみ易い——その代りまた無口過ぎて、どこか影の薄いような、寂しい生れつきでございました。が、私には似たもの夫婦で、たといこれと申すほどの花々しい楽しさはございませんでも、まず安らかなその日その日を、送る事が出来たのでございます。

するとあの大地震《おおじしん》で、——忘れも致しません十月の二十八日、かれこれ午前七時頃でございましょうか。私が井戸端《ばた》で楊枝《ようじ》を使っていると、妻は台所で釜の飯を移している。——その上へ家がつぶれました。それがほんの一二分の間の事で、まるで大風のような凄《すさ》まじい地鳴りが襲いかかったと思いますと、たちまちめきめきと家が傾《かし》いで、後《あと》はただ瓦の飛ぶのが見えたばかりでございます。私はあっと云う暇《ひま》もなく、やにわに落ちて来た庇《ひさし》に敷かれて、しばらくは無我無中のまま、どこからともなく寄せて来る大震動の波に揺られておりましたが、やっとその庇の下から土煙の中へ這い出して見ますと、目の前にあるのは私の家の屋根で、しかも瓦の間に草の生えたのが、そっくり地の上へひしゃげておりました。

その時の私の心もちは、驚いたと申しましょうか。慌《あわ》てたと申しましょうか。まるで放心したのも同前で、べったりそこへ腰を抜いたなり、ちょうど嵐の海のように右にも左にも屋根を落した家々の上へ眼をやって、地鳴りの音、梁《はり》の落ちる音、樹木の折れる音、壁の崩れる音、それから幾千人もの人々が逃げ惑うのでございましょう、声とも音ともつかない響が騒然と煮えくり返るのをぼんやり聞いておりました。が、それはほんの刹那《せつな》の間《あいだ》で、やがて向うの庇《ひさし》の下に動いているものを見つけますと、私は急に飛上って、凶《わる》い夢からでも覚めたように意味のない大声を挙げながら、いきなりそこへ駈けつけました。庇の下には妻の小夜《さよ》が、下《か》半身を梁に圧《お》されながら、悶え苦しんでおったのでございます。

私は妻の手を執って引張りました。妻の肩を押して起そうとしました。が、圧《お》しにかかった梁は、虫の這い出すほども動きません。私はうろたえながら、庇の板を一枚一枚むしり取りました。取りながら、何度も妻に向って「しっかりしろ。」と喚《わめ》きました。妻を？　いやあるいは私自身を励ましていたのかも存じません。小夜は「苦しい。」と申しました。「どうかして下さいまし。」とも申しました。が、私に励まされるまでもなく、別人のように血相を変えて、必死に梁を擡《もた》げようと致しておりましたから、私はその時妻の両手が、爪も見えないほど血にまみれて、震えながら梁をさぐっておったのが、今でもまざまざと苦しい記憶に残っているのでございます。

それが長い長い間の事でございました。――その内にふと気がつきますと、どこから

か濛々とした黒煙《くろけむり》が一なだれに屋根を渡って、むっと私の顔へ吹きつけました。と思う

と、その煙の向うにけたたましく何か爆《は》ぜる音がして、金粉《きんぷん》のような火粉《ひのこ》がばらばらと

疎《まば》らに空へ舞い上りました。私は気の違ったように妻へ獅嚙《しが》みつきました。そうしても

う一度無二無三《むにむさん》に、妻の体を梁の下から引きずり出そうと致しました。が、やはり妻の

下半身は一寸《いっすん》も動かす事は出来ません。私はまた吹きつけて来る煙を浴びて、庇に片膝

つきながら、嚙みつくように妻へ申しました。何を？　と御尋ねになるかも存じません、

いや、必ず御尋ねになりましょう。しかし私も何を申したか、とんと覚えていないので

ございます。ただ私はその時妻が、血にまみれた手で私の腕をつかみながら、「あなた。」

と一言《ひとこと》申したのを覚えております。私は妻の顔を見つめました。あらゆる表情を失った、

眼ばかり徒《いたずら》に大きく見開いている、気味の悪い顔でございます。すると今度は煙ばかり

か、火の粉を煽った一陣の火気が、眼も眩《くら》むほど私を襲って来ました。私はもう駄目だ

と思いました。妻は生きながら火に焼かれて、死ぬのだと思いました。生きながら？

私は血だらけな妻の手を握ったまま、また何か喚《わめ》きました。と、妻もまた繰返して、「あ

なた。」と一言申しました。私はその時その「あなた。」と云う言葉の中に、無数の意味、無数の感情を感じたのでございます。生きながら？　生きながら？　私は三度何か叫びました。それは「死ね。」と云ったようにも覚えております。「己《おれ》も死ぬ。」と云ったようにも覚えております。が、何と云ったかわからない内に、私は手当《てあた》り次第、落ちている瓦を取り上げて、続けさまに妻の頭へ打ち下しました。

それから後《のち》の事は、先生の御察しにまかせるほかはございません。私は独り生き残りました。ほとんど町中を焼きつくした火と煙とに追われながら、小山のように路を塞《ふさ》いだ家々の屋根の間をくぐって、ようやく危い一命を拾ったのでございます。幸か、それともまた不幸か、私には何にもわかりませんでした。ただその夜、まだ燃えている火事の光を暗い空に望みながら、同僚の一人二人と一しょに、やはり一ひしぎにつぶされた学校の外の仮小屋で、炊き出しの握り飯を手にとった時とめどなく涙が流れた事は、未だにどうしても忘れられません。

中村玄道《なかむらげんどう》はしばらく言葉を切って、臆病《おくびょう》らしい眼を畳《たたみ》へ落した。突然こんな話を聞かされた私も、いよいよ広い座敷の春寒《はるさむ》が襟元まで押寄せたような心もちがして、「なるほど」と云う元気さえ起らなかった。

部屋の中には、ただ、ランプの油を吸い上げる音がした。それから机の上に載せた私の懐中時計が、細かく時を刻む音がした。と思うとまたその中で、床の間の楊柳観音《ようりゅうかんのん》が身動きをしたかと思うほど、かすかな吐息《といき》をつく音がした。

私は怖《おび》えた眼を挙げて、悄然と坐っている相手の姿を見守った。吐息をしたのは彼だろうか。それとも私自身だろうか。――が、その疑問が解けない内に、中村玄道はやはり低い声で、徐《おもむろ》に話を続け出した。


申すまでもなく私は、妻の最期を悲しみました。そればかりか、時としては、校長始め同僚から、親切な同情の言葉を受けて、人前も恥じず涙さえ流した事がございました。が、私があの地震の中で、妻を殺したと云う事だけは、妙に口へ出して云う事が出来なかったのでございます。

「生《い》きながら火に焼かれるよりはと思って、私が手にかけて殺して来ました。」――これだけの事を口外したからと云って、何も私が監獄へ送られる次第でもございますまい。いや、むしろそのために世間は一層私に同情してくれたのに相違ございません。それがどう云うものか、云おうとするとたちまち喉元《のどもと》にこびりついて、一言《ひとこと》も舌が動かなくなってしまうのでございます。

当時の私はその原因が、全く私の臆病に根ざしているのだと思いました。が、実は単に臆病と云うよりも、もっと深いところに潜んでいる原因があったのでございます。しかしその原因は、私に再婚の話が起って、いよいよもう一度新生涯へはいろうと云う間際までは、私自身にもわかりませんでした。そうしてそれがわかった時、私はもう二度と人並の生活を送る資格のない、憐むべき精神上の敗残者になるよりほかはなかったのでございます。

再婚の話を私に持ち出したのは、小夜《さよ》の親許《おやもと》になっていた校長で、これが純粋に私のためを計った結果だと申す事は私にもよく呑み込めました。また実際その頃はもうあの大地震《おおじしん》があってから、かれこれ一年あまり経った時分で、校長がこの問題を切り出した以前にも、内々同じような相談を持ちかけて私の口裏《くちうら》を引いて見るものが一度ならずあったのでございます。ところが校長の話を聞いてみますと、意外な事にはその縁談の相手と云うのが、唯今先生のいらっしゃる、このN家の二番娘で、当時私が学校以外にも、時々出稽古《でげいこ》の面倒を見てやった尋常四年生の長男の姉だったろうではございませんか。勿論私は一応辞退しました。第一教員の私と資産家のN家とでは格段に身分も違いますし、家庭教師と云う関係上、結婚までには何か曰《いわ》くがあったろうなどと、痛くない腹を探《さぐ》られるのも面白くないと思ったからでございます。同時にまた私の進まなかった理由の後《うしろ》には、去る者は日に疎《うと》しで、以前ほど悲しい記憶はなかったまでも、私自身打ち殺した小夜《さよ》の面影が、箒星《ほうきぼし》の尾のようにぼんやり纏《まつ》わっていたのに相違ございません。

が、校長は十分私の心もちを汲んでくれた上で、私くらいの年輩の者が今後独身生活を続けるのは困難だと云う事、しかも今度の縁談は先方から達《た》っての所望《しょもう》だと云う事、校長自身が進んで媒酌《ばいしゃく》の労を執《と》る以上、悪評などが立つ謂《い》われのないと云う事、そのほか日頃私の希望している東京遊学のごときも、結婚した暁には大いに便宜があるだろうと云う事――そう事をいろいろ並べ立てて、根気よく私を説きました。こう云われて見ますと、私も無下《むげ》には断ってしまう訳には参りません。そこへ相手の娘と申しますのは、評判の美人でございましたし、その上御恥しい次第ではございますが、N家の資産にも目がくれましたので、校長に勧められるのも度重なって参りますと、いつか「熟考してみましょう。」が「いずれ年でも変りましたら。」などと、だんだん軟化致し始めました。そうしてその年の変った明治二十六年の初夏には、いよいよ秋になったら式を挙げると云う運びさえついてしまったのでございます。

するとその話がきまった頃から、妙に私は気が鬱《うつ》して、自分ながら不思議に思うほど、何をするにも昔のような元気がなくなってしまいました。たとえば学校へ参りましても、教員室の机に倚《よ》り懸《かか》りながら、ぼんやり何かに思い耽って、授業の開始を知らせる板木《ばんぎ》の音さえ、聞き落してしまうような事が度々あるのでございます。その癖何が気になるのかと申しますと、それは私にもはっきりとは見極めをつける事が出来ません。ただ、頭の中の歯車がどこかしっくり合わないような――しかもそのしっくり合わない向うには、私の自覚を超越した秘密が蟠《わだかま》っているような、気味の悪い心もちがするのでございます。

それがざっと二月《ふたつき》ばかり続いてからの事でございましたろう。ちょうど暑中休暇になった当座で、ある夕方私が散歩かたがた、本願寺別院《ほんがんじべついん》の裏手にある本屋の店先を覗いてみますと、その頃評判の高かった風俗画報と申す雑誌が五六冊、夜窓鬼談《やそうきだん》や月耕漫画《げっこうまんが》などと一しょに、石版刷の表紙を並べておりました。そこで店先に佇《たたず》みながら、何気なくその風俗画報を一冊手にとってみますと、表紙に家が倒れたり火事が始ったりしている画があって、そこへ二行に「明治廿四年十一月三十日発行、十月廿八日震災記聞」と大きく刷ってあるのでございます。それを見た時、私は急に胸がはずみ出しました。私の耳もとでは誰かが嬉しそうに嘲笑《あざわら》いながら、「それだ。それだ。」と囁くような心もちさえ致します。私はまだ火をともさない店先の薄明りで、慌《あわただ》しく表紙をはぐってみました。するとまっ先に一家の老若《ろうにゃく》が、落ちて来た梁《はり》に打ちひしがれて惨死《ざんし》を遂げる画が出ております。それから土地が二つに裂けて、足を過った女子供を呑んでいる画が出ております。それから——一々数え立てるまでもございませんが、その時その風俗画報は、二年以前の大地震《おおじしん》の光景を再び私の眼の前へ展開してくれたのでございます。長良川《ながらがわ》鉄橋陥落の図、尾張《おわり》紡績会社破壊の図、第三師団兵士屍体発掘《したいはっくつ》の図、愛知病院負傷者救護の図——そう云う凄惨な画は次から次と、あの呪わしい当時の記憶の中へ私を引きこんで参りました。私は眼がうるみました。体も震え始めました。苦痛とも歓喜ともつかない感情は、用捨《ようしゃ》なく私の精神を蕩漾《とうよう》させてしまいます。そうして最後の一枚の画が私の眼の前に開かれた時——私は今でもその時の驚愕がありあり心に残っております。それは落ちて来た梁《はり》に腰を打たれて、一人の女が無惨《むざん》にも悶え苦しんでいる画でございました。その梁の横《よこた》わった向うには、黒煙《くろけむり》が濛々と巻き上って、朱《しゅ》を撥《はじ》いた火の粉さえ乱れ飛んでいるではございませんか。これが私の妻でなくて誰でしょう。妻の最期でなくて何でしょう。私は危く風俗画報を手から落そうと致しました。危く声を挙げて叫ぼうと致しました。しかもその途端に一層私を怯《おび》えさせたのは、突然あたりが赤々と明《あかる》くなって、火事を想わせるような煙の匂《におい》がぷんと鼻を打った事でございます。私は強いて心を押し鎮めながら、風俗画報を下へ置いて、きょろきょろ店先を見廻しました。店先ではちょうど小僧が吊《つり》ランプへ火をとぼして、夕暗の流れている往来へ、まだ煙の立つ燐寸《マッチ》殻《がら》を捨てているところだったのでございます。

それ以来、私は、前よりもさらに幽鬱な人間になってしまいました。今まで私を脅《おびやか》したのはただ何とも知れない不安な心もちでございましたが、その後はある疑惑《ぎわく》が私の頭の中に蟠《わだかま》って、日夜を問わず私を責め虐《さいな》むのでございます。と申しますのは、あの大地震《おおじしん》の時私が妻を殺したのは、果して已《や》むを得なかったのだろうか。——もう一層露骨に申しますと、私は妻を殺したのは、始から殺したい心があって殺したのではなかったろうか。大地震はただ私のために機会を与えたのではなかったろうか、——こう云う疑惑でございました。私は勿論この疑惑の前に、何度思い切って「否《いな》、否。」と答えた事だかわかりません。が、本屋の店先で私の耳に「それだ。それだ。」と囁いた何物かは、その度にまた嘲笑《あざわら》って、「では何故《なぜ》お前は妻を殺した事を口外する事が出来なかったのだ。」と、問い詰《つめ》るのでございます。私はその事実に思い当ると、必ずぎくりと致しました。ああ、何故私は妻を殺したなら殺したと云い放てなかったのでございましょう。何故今日《きょう》までひた隠しに、それほどの恐しい経験を隠しておったのでございましょう。

しかもその際私の記憶へ鮮《あざやか》に生き返って来たものは、当時の私が妻の小夜《さよ》を内心憎んでいたと云う、忌《いま》わしい事実でございます。これは恥を御話しなければ、ちと御会得《ごえとく》が参らないかも存じませんが、妻は不幸にも肉体的に欠陥のある女でございました。（以下八十二行省略）………そこで私はその時までは、覚束《おぼつか》ないながら私の道徳感情がともかくも勝利を博したものと信じておったのでございます。が、あの大地震のような凶変《きょうへん》が起って、一切の社会的束縛が地上から姿を隠した時、どうしてそれと共に私の道徳感情も亀裂《きれつ》を生じなかったと申せましょう。どうして私の利己心も火の手を揚げなかったと申せましょう。私はここに立ち至ってやはり妻を殺したのは、殺すために殺したのではなかったろうかと云う、疑惑を認めずにはいられませんでした。私がいよいよ幽鬱になったのは、むしろ自然の数《すう》とでも申すべきものだったのでございます。

しかしまだ私には、「あの場合妻を殺さなかったにしても、妻は必ず火事のために焼け死んだのに相違ない。そうすれば何も妻を殺したのが、特に自分の罪悪だとは云われない筈だ。」と云う一条の血路がございました。ところがある日、もう季節が真夏から残暑へ振り変って、学校が始まっていた頃でございますが、私ども教員が一同教員室の卓子《テエブル》を囲んで、番茶を飲みながら、他愛《たわい》もない雑談を交しておりますと、どう云う時の拍子だったか、話題がまたあの二年以前の大地震に落ちた事がございます。私はその時も独り口を噤《つぐ》んだぎりで、同僚《どうりょう》の話を聞くともなく聞き流しておりましたが、本願寺の別院の屋根が落ちた話、船町《ふなまち》の堤防が崩れた話、俵町《たわらまち》の往来の土が裂けた話――とそれからそれへ話がはずみましたが、やがて一人の教員が申しますには、中町《なかまち》とかの備後《びんご》屋《や》と云う酒屋の女房は、一旦梁《はり》の下敷になって、身動きも碌《ろく》に出来なかったのが、その内に火事が始って、梁も幸《さいわい》焼け折れたものだから、やっと命だけは拾ったと、こう云うのでございます。私はそれを聞いた時に、俄《にわか》に目の前が暗くなって、そのまましばらくは呼吸さえも止るような心地が致しました。また実際その間は、失心したも同様な姿だったのでございましょう。ようやく我に返ってみますと、同僚は急に私の顔色が変って、椅子ごと倒れそうになったのに驚きながら、皆私のまわりへ集って、水を飲ませるやら薬をくれるやら、大騒ぎを致しておりました。が、私はその同僚に礼を云う余裕もないほど、頭の中はあの恐しい疑惑の塊《かたまり》で一ぱいになっていたのでございます。私はやはり妻を殺すために殺したのではなかったろうか。たとい梁《はり》に圧《お》されていても、万一命が助かるのを恐れて、打ち殺したのではなかったろうか。もしあのまま殺さないでおいたなら今の備後屋《びんごや》の女房の話のように、私の妻もどんな機会で九死《きゅうし》に一生《いっしょう》を得たかもしれない。それを私は情無《なさけな》く、瓦の一撃で殺してしまった――そう思った時の私の苦しさは、ひとえに先生の御推察を仰ぐほかはございません。私はその苦しみの中で、せめてはN家との縁談を断ってでも、幾分一身を潔《きよ》くしようと決心したのでございます。

ところがいよいよその運びをつけると云う段になりますと、折角の私の決心は未練にもまた鈍り出しました。何しろ近々結婚式を挙げようと云う間際になって、突然破談にしたいと申すのでございますから、あの大地震の時に私が妻を殺害した顛末《てんまつ》は元より、これまでの私の苦しい心中も一切打ち明けなければなりますまい。それが小心な私には、いざと云う場合に立ち至ると、いかに自《みずか》ら鞭撻しても、断行する勇気が出なかったのでございます。私は何度となく腑甲斐《ふがい》ない私自身を責めました。が、徒《いたずら》に責めるばかりで、何一つ然るべき処置も取らない内に、残暑はまた朝寒《あささむ》に移り変って、とうとう所謂華燭《いわゆるかしょく》の典を挙げる日も、目前に迫ったではございませんか。

私はもうその頃には、だれとも滅多に口を利《き》かないほど、沈み切った人間になっておりました。結婚を延期したらと注意した同僚も、一人や二人ではございません。医者に見て貰ったらと云う忠告も、三度まで校長から受けました。が、当時の私にはそう云う親切な言葉の手前、外見だけでも健康を顧慮しようと云う気力さえすでになかったのでございます。と同時にまたその連中の心配を利用して、病気を口実に結婚を延期するのも、今となっては意気地《いくじ》のない姑息手段《こそくしゅだん》としか思われませんでした。しかも一方ではN家の主人などが、私の気鬱《きうつ》の原因を独身生活の影響だとでも感違いをしたのでございましょう。一日も早く結婚しろと頻《しきり》に主張しますので、日こそ違いますが二年前《ぜん》にあの大地震のあった十月、いよいよ私はN家の本邸で結婚式を挙げる事になりました。連日の心労に憔悴《しょうすい》し切った私が、花婿《はなむこ》らしい紋服を着用して、いかめしく金屏風を立てめぐらした広間へ案内された時、どれほど私は今日《こんにち》の私を恥しく思ったでございましょう。私はまるで人目を偸《ぬす》んで、大罪悪を働こうとしている悪漢のような気が致しました。いや、ような気ではございません。実際私は殺人の罪悪をぬり隠して、N家の娘と資産とを一時盗もうと企てている人非人《にんぴにん》なのでございます。私は顔が熱くなって参りました。胸が苦しくなって参りました。出来るならこの場で、私が妻を殺した一条を逐一《ちくいち》白状してしまいたい。――そんな気がまるで嵐のように、烈しく私の頭の中を駈けめぐり始めました。するとその時、私の着座している前の畳へ、夢のように白羽二重《しろはぶたえ》の足袋が現れました。続いて仄《ほの》かな波の空に松と鶴とが霞んでいる裾模様が見えました。それから錦襴《きんらん》の帯、はこせこの銀鎖、白襟と順を追って、鼈甲《べっこう》の櫛笄《くしこうがい》が重そうに光っている高島田が眼にはいった時、私はほとんど息がつまるほど、絶対絶命な恐怖に圧倒されて、思わず両手を畳へつくと、『私は人殺しです。極重悪《ごくじゅうあく》の罪人です』と、必死な声を挙げてしまいました。……………

中村玄道《なかむらげんどう》はこう語り終ると、しばらくじっと私の顔を見つめていたが、やがて口もとに無理な微笑を浮べながら、

「その以後の事は申し上げるまでもございますまい。が、ただ一つ御耳に入れておきたいのは、当日限り私は狂人と云う名前を負わされて、憐むべき余生《よせい》を送らなければならなくなった事でございます。果して私が狂人かどうか、そのような事は一切先生の御判断に御任《おま》かせ致しましょう。しかしたとい狂人でございましても、私を狂人に致したものは、やはり我々人間の心の底に潜んでいる怪物のせいではございますまいか。その怪物がおります限り、今日《きょう》私を狂人と嘲笑《あざわら》っている連中でさえ、明日《あす》はまた私と同様な狂人にならないものでもございません。——とまあ私は考えておるのでございますが、いかがなものでございましょう。」

ランプは相不変《あいかわらず》私とこの無気味《ぶきみ》な客との間に、春寒い焔を動かしていた。私は楊柳《ようりゅう》観音《かんのん》を後《うしろ》にしたまま、相手の指の一本ないのさえ問い質《ただ》してみる気力もなく、黙然《もくねん》と坐っているよりほかはなかった。

桜の森の満開の下

坂口安吾

　桜の花が咲くと人々は酒をぶらさげたり団子をたべて花の下を歩いて絶景だの春ランマンだのと浮かれて陽気になりますが、これは嘘《うそ》です。なぜ嘘かと申しますと、桜の花の下へ人がより集《あつま》って酔っ払ってゲロを吐いて喧嘩《けんか》して、これは江戸時代からの話で、大昔は桜の花の下は怖《おそろ》しいと思っても、絶景だなどとは誰も思いませんでした。近頃は桜の花の下といえば人間がより集って酒をのんで喧嘩していますから陽気でにぎやかだと思いこんでいますが、桜の花の下から人間を取り去ると怖ろしい景色になりますので、能にも、さる母親が愛児を人さらいにさらわれて子供を探して発狂して桜の花の満開の林の下へ来かかり見渡す花びらの陰に子供の幻を描いて狂《くる》い死《じに》して花びらに埋まってしまう（このところ小生の蛇足）という話もあり、桜の林の花の下に人の姿がなければ怖しいばかりです。

昔、鈴鹿峠《すずかとうげ》にも旅人が桜の森の花の下を通らなければならないような道になっていました。花の咲かない頃はよろしいのですが、花の季節になると、旅人はみんな森の花の下で気が変になりました。できるだけ早く花の下から逃げようと思って、青い木や枯れ木のある方へ一目散に走りだしたものです。一人だとまだよいので、なぜかというと、花の下を一目散に逃げて、あたりまえの木の下へくるとホッとしてヤレヤレと思って、すむからですが、二人連《づれ》は都合が悪い。なぜなら人間の足の早さは各人各様で、一人が遅れますから、オイ待ってくれ、後から必死に叫んでも、みんな気違いで、友達をすてて走ります。それで鈴鹿峠の桜の森の花の下を通過したとたんに今まで仲のよかった旅人が仲が悪くなり、相手の友情を信用しなくなります。そんなことから旅人も自然に桜の森の下を通らないで、わざわざ遠まわりの別の山道を歩くようになり、やがて桜の森は街道を外《はず》れて人の子一人通らない山の静寂へとり残されてしまいました。

そうなって何年かあとに、この山に一人の山賊が住みはじめましたが、この山賊はずいぶんむごたらしい男で、街道へでて情容赦《なさけようしゃ》なく着物をはぎ人の命も断ちましたが、こんな男でも桜の森の花の下へくるとやっぱり怖しくなって気が変になりました。そこで山賊はそれ以来花がきらいで、花というものは怖しいものだな、なんだか厭《いや》なものだ、そういう風に腹の中では呟《つぶや》いていました。花の下では風がないのにゴウゴウ風が鳴っているような気がしました。そのくせ風がちっともなく、一つも物音がありません。自分の姿と跫音《あしおと》ばかりで、それがひっそり冷《つ》めたいそして動かない風の中につつまれていました。花びらがぽそぽそ散るように魂が散っていのちがだんだん衰えて行くように思われます。それで目をつぶって何か叫んで逃げたくなりますが、目をつぶると桜の木にぶつかるので目をつぶるわけにも行きませんから、一そう気違いになるのでした。

けれども山賊は落付《おちつ》いた男で、後悔ということを知らない男ですから、これはおかしいと考えたのです。ひとつ、来年、考えてやろう。そう思いました。今年は考える気がしなかったのです。そして、来年、花がさいたら、そのときじっくり考えようと思いました。毎年そう考えて、もう十何年もたち、今年もまた、来年になったら考えてやろうと思って、また、年が暮れてしまいました。

そう考えているうちに、始めは一人だった女房がもう七人にもなり、八人目の女房をまた街道から女の亭主の着物と一緒にさらってきました。女の亭主は殺してきました。山賊は女の亭主を殺す時から、どうも変だと思っていました。いつもと勝手が違うのです。どこということは分らぬけれども、変てこで、けれども彼の心は物にこだわることに慣れませんので、そのときも格別深く心にとめませんでした。

山賊は始めは男を殺す気はなかったので、身ぐるみ脱がせて、いつもするようにとっとと失《う》せろと蹴《け》とばしてやるつもりでしたが、女が美しすぎたので、ふと、男を斬《き》りすてていました。彼自身に思いがけない出来事であったばかりでなく、女にとっても思いがけない出来事だったしるしに、山賊がふりむくと女は腰をぬかして彼の顔をぼんやり見つめました。今日からお前は俺《おれ》の女房だと言うと、女はうなずきました。手をとって女を引き起すと、女は歩けないからオブっておくれと言います。山賊は承知承知と女を軽々と背負って歩きましたが、険《けわ》しい登り坂へきて、ここは危いから降りて歩いて貰《もら》おうと言っても、女はしがみついて厭々《いやいや》、厭ヨ、と言って降りません。

「お前のような山男が苦しがるほどの坂道をどうして私が歩けるものか、考えてごらんよ」

「そうか、そうか、よしよし」と男は疲れて苦しくても好機嫌でした。「でも、一度だけ降りておくれ。私は強いのだから、苦しくて、一休みしたいというわけじゃないぜ。眼の玉が頭の後側にあるというわけのものじゃないから、さっきからお前さんをオブっていてもなんとなくもどかしくて仕方がないのだよ。一度だけ下へ降りてかわいい顔を拝ましてもらいたいものだ」

「厭よ、厭よ」と、また、女はやけに首っ玉にしがみつきました。「私はこんな淋《さび》しいところに一っときもジッとしていられないヨ。お前のうちのあるところまで一っときも休まず急いでおくれ。さもないと、私はお前の女房になってやらないよ。私にこんな淋しい思いをさせるなら、私は舌を噛《か》んで死んでしまうから」

「よしよし。分った。お前のたのみはなんでもきいてやろう」

山賊はこの美しい女房を相手に未来のたのしみを考えて、とけるような幸福を感じました。彼は威張りかえって肩を張って、前の山、後の山、右の山、左の山、ぐるりと一廻転《かいてん》して女に見せて

「これだけの山という山がみんな俺のものなんだぜ」

と言いましたが、女はそんなことにはてんで取りあいません。彼は意外にまた残念で

「いいかい。お前の目に見える山という山、木という木、谷という谷、その谷からわく雲まで、みんな俺のものなんだぜ」

「早く歩いておくれ、私はこんな岩コブだらけの崖《がけ》の下にいたくないのだから」

「よし、よし。今にうちにつくと飛びきりの御馳走《ごちそう》をこしらえてやるよ」

「お前はもっと急げないのかえ。走っておくれ」

「なかなかこの坂道は俺が一人でもそうは駈《か》けられない難所だよ」

「お前も見かけによらない意気地なしだねえ。私としたことが、とんだ甲斐性《かいしょう》なしの女

房になってしまった。ああ、ああ。これから何をたよりに暮したらいいのだろう」

「なにを馬鹿な。これぐらいの坂道が」

「アア、もどかしいねえ。お前はもう疲れたのかえ」

「馬鹿なことを。この坂道をつきぬけると、鹿もかなわぬように走ってみせるから」

「でもお前の息は苦しそうだよ。顔色が青いじゃないか」

「なんでも物事の始めのうちはそういうものさ。今に勢いのはずみがつけば、お前が背中で目を廻《まわ》すぐらい速く走るよ」


けれども山賊は身体が節々からバラバラに分かれてしまったように疲れていました。そしてわが家の前へ辿《たど》りついたときには目もくらみ耳もなり嗄《しわが》れ声《ごえ》のひときれをふりしぼる力もありません。家の中から七人の女房が迎えに出てきましたが、山賊は石のようにこわばった身体をほぐして背中の女を下《おろ》すだけで勢一杯でした。

七人の女房は今までに見かけたこともない女の美しさに打たれましたが、女は七人の女房の汚さに驚きました。七人の女房の中には昔はかなり綺麗《きれい》な女もいたのですが今は見る影もありません。女は薄気味悪がって男の背へしりぞいて
「この山女は何なのよ」
「これは俺の昔の女房なんだよ」

と男は困って「昔の」という文句を考えついて加えたのはとっさの返事にしては良く出来ていましたが、女は容赦がありません。

「まア、これがお前の女房かえ」

「それは、お前、俺はお前のような可愛《かわ》いい女がいようとは知らなかったのだからね」

「あの女を斬り殺しておくれ」

女はいちばん顔形のととのった一人を指して叫びました。

「だって、お前、殺さなくっとも、女中だと思えばいいじゃないか」

「お前は私の亭主を殺したくせに、自分の女房が殺せないのかえ。お前はそれでも私を女房にするつもりなのかえ」

男の結ばれた口から呻《うめ》きがもれました。男はとびあがるように一躍りして指された女を斬り倒していました。然《しか》し、息つくひまもありません。

「この女よ。今度は、それ、この女よ」

男はためらいましたが、すぐズカズカ歩いて行って、女の頸《くび》へザクリとダンビラを斬りこみました。首がまだコロコロととまらぬうちに、女のふっくらツヤのある透きとおる声は次の女を指して美しく響いていました。

「この女よ、今度は」

指さされた女は両手に顔をかくしてキャーという叫び声をはりあげました。その叫びにふりかぶって、ダンビラは宙を閃《ひらめ》いて走りました。残る女たちは俄《にわか》に一時に立上って四方に散りました。

「一人でも逃したら承知しないよ。藪《やぶ》の陰にも一人いるよ。上手《かみて》へ一人逃げて行くよ」

男は血刀をふりあげて山の林を駈け狂いました。たった一人逃げおくれて腰をぬかした女がいました。それはいちばん醜くて、ビッコの女でしたが、男が逃げた女を一人あまさず斬りすてて戻ってきて、無造作にダンビラをふりあげますと

「いいのよ。この女だけは。これは私が女中に使うから」

「ついでだから、やってしまうよ」

「バカだね。私が殺さないでおくれと言うのだよ」

「アア、そうか。ほんとだ」

男は血刀を投げすてて尻《しり》もちをつきました。疲れがどッとこみあげて目がくらみ、土から生えた尻《は》のように重みが分ってきました。ふと静寂に気がつきました。とびたつような怖ろしさがこみあげ、ぎょッとして振向くと、女はそこにいくらかやる瀬ない風情《ふぜい》でたたずんでいます。男は悪夢からさめたような気がしました。そして、目も魂も自然に女の美しさに吸いよせられて動かなくなってしまいました。けれども男は不安でした。

どういう不安だか、なぜ、不安だか、何が、不安だか、彼には分らぬのです。女が美しすぎて、彼の魂がそれに吸いよせられていたので、胸の不安の波立ちをさして気にせずにいられただけです。

なんだか、似ているようだな、と彼は思いました、似たことが、いつか、あった、それは、と彼は考えました。アア、そうだ、あれだ。気がつくと彼はびっくりしました。

桜の森の満開の下です。あの下を通る時に似ていました。どこが、何が、どんな風に似ているのだか分りません。けれども、何か、似ていることは、たしかでした。彼にはいつもそれぐらいのことしか分らず、それから先は分らなくても気にならぬたちの男でした。

山の長い冬が終り、山のてっぺんの方や谷のくぼみに樹の陰に雪はポッポッ残っていましたが、やがて花の季節が訪れようとして春のきざしが空いちめんにかがやいていました。

今年、桜の花が咲いたら、と、彼は考えました。花の下にさしかかる時はまだそれほどではありません。それで思いきって花の下へ歩きこみます。だんだん歩くうちに気が変になり、前も後も右も左も、どっちを見ても上にかぶさる花ばかり、森のまんなかに近づくと怖しさに盲滅法《めくらめっぽう》たまらなくなるのでした。今年はひとつ、あの花ざかりの林のまんなかで、ジッと動かずに、いや、思いきって地べたに坐ってやろう、と彼は考えました。そのとき、この女もつれて行こうか、彼はふと考えて、女の顔をチラと見ると、胸さわぎがして慌てて目をそらしました。自分の肚《はら》が女に知れては大変だという気持が、なぜだか胸に焼け残りました。

★

女は大変なわがまま者でした。どんなに心をこめた御馳走をこしらえてやっても、必ず不服を言いました。彼は小鳥や鹿《しか》をとりに山を走りました。猪《いのしし》も熊もとりました。ビッコの女は木の芽や草の根をさがしてひねもす林間をさまよいました。然し女は満足を示したことはありません。

「毎日こんなものを私に食えというのかえ」

「だって、飛び切りの御馳走なんだぜ。お前がここへくるまでは、十日に一度ぐらいしかこれだけのものは食わなかったものだ」

「お前は山男だからそれでいいのだろうさ。私の喉は通らないよ。こんな淋しい山奥で、夜の夜長にきくものと云《い》えば梟《ふくろう》の声ばかり、せめて食べる物でも都に劣らぬおいしい物が食べられないものかねえ。都の風がどんなものか。その都の風をせきとめられた私の思いのせつなさがどんなものか、お前には察しることも出来ないのだね。お前は私から都の風をもぎとって、その代りにお前のくれた物といえば鴉《からす》や梟の鳴く声ばかり。お前はそれを羞《は》ずかしいとも、むごたらしいとも思わないのだよ」

女の怨《えん》じる言葉の道理が男には呑みこめなかったのです。なぜなら男は都の風がどんなものだか知りません。見当もつかないのです。この生活この幸福に足りないものがあるという事実について思い当るものがない。彼はただ女の怨じる風情の切なさに当惑し、それをどのように処置してよいか目当について何の事実も知らないので、もどかしさに苦しみました。

今までには都からの旅人を何人殺したか知れません。都からの旅人は金持で所持品も豪華ですから、都は彼のよい鴨《かも》で、せっかく所持品を奪ってみても中身がつまらなかったりするとチェッこの田舎者《いなかもの》め、とか土百姓めとか罵《ののし》ったもので、つまり彼は都についてはそれだけが知識の全部で、豪華な所持品をもつ人達のいるところであり、彼はそれをまきあげるという考え以外に余念はありませんでした。都の空がどっちの方角だということすらも考えてみる必要がなかったのです。

女は櫛《くし》だの笄《こうがい》だの簪《かんざし》だの紅《べに》だのを大事にしました。彼が泥の手や山の獣の血にぬれた手でかすかに着物にふれただけでも女は彼を叱《しか》りました。まるで着物が女のいのちであるように、そしてそれをまもることが自分のつとめであるように、身の廻りを清潔にさせ、家の手入れを命じます。その着物は一枚の小袖《こそで》と細紐《ほそひも》だけでは事足りず、何枚かの着物といくつもの紐と、そしてその紐は妙な形にむすばれ不必要に垂れ流されて、色々の飾り物をつけたすことによって一つの姿が完成されて行くのでした。男は目を見はりました。そして嘆声をもらしました。彼は納得させられたのです。かくして一つの美が成りたち、その美に彼が満たされている、それは疑《うたぐ》る余地がない、個としては意味をもたない不完全かつ不可解な断片が集まることによって一つの物を完成する、その物を分解すれば無意味なる断片に帰する、それを彼は彼らしく一つの妙なる魔術として納得させられたのでした。

男は山の木を切りだして女の命じるものを作ります。何物が、そして何用につくられるのか、彼自身それを作りつつあるうちは知ることが出来ないのでした。それは胡床《こしょう》と肱掛《ひじかけ》でした。胡床はつまり椅子《いす》です。お天気の日、女はこれを外へ出させて、日向《ひなた》に、また、木陰に、腰かけて目をつぶります。部屋の中では肱掛にもたれて物思いにふけるような、そしてそれは、それを見る男の目にはすべてが異様な、なまめかしく、なやましい姿に外《ほか》ならぬのでした。魔術は現実に行われており、彼自らがその魔術の助手でありながら、その行われる魔術の結果に常に訝《いぶか》りそして嘆賞するのでした。

ビッコの女は朝毎《ごと》に女の長い黒髪をくしけずります。そのために用いる水を、男は谷川の特に遠い清水からくみとり、そして特別そのように注意を払う自分の労苦をなつかしみました。自分自身が魔術の一つの力になりたいということが男の願いになっていました。そして彼自身くしけずられる黒髪にわが手を加えてみたいものだと思います。いやよ、そんな手は、と女は男を払いのけて叱ります。男は子供のように手をひっこめて、てれながら、黒髪にツヤが立ち、結ばれ、そして顔があらわれ、一つの美が描かれ生まれてくることを見果てぬ夢に思うのでした。

「こんなものがなあ」

彼は模様のある櫛や飾のある笄をいじり廻しました。それは彼が今までは意味も値打もみとめることのできなかったものでしたが、今も尚《なお》、物と物との調和や関係、飾りという意味の批判はありません。けれども魔力が分ります。魔力は物のいのちでした。物の中にもいのちがあります。

「お前がいじってはいけないよ。なぜ毎日きまったように手をだすのだろうね」

「不思議なものだなア」

「何が不思議なのさ」

「何がってこともないけどさ」

と男はてれました。彼には驚きがありましたが、その対象は分らぬのです。

そして男に都を怖れる心が生れていました。その怖れは恐怖ではなく、知らないということに対する羞恥《しゅうち》と不安で、物知りが未知の事柄に抱く不安と羞恥に似ていました。女が「都」というたびに彼の心は怯《おび》え戦《おのの》きました。けれども彼は目に見える何物も怖れたことがなかったので、怖れの心になじみがなく、羞じる心にも馴《な》れていません。そして彼は都に対して敵意だけをもちました。

何百何千の都からの旅人を襲ったが手に立つ者がなかったのだから、と彼は満足して考えました。どんな過去を思いだしても、裏切られ傷《きずつ》けられる不安がありません。それに気附《きづ》くと、彼は常に愉快でまた誇りやかでした。彼は女の美に対して自分の強さを対比しました。そして強さの自覚の上で多少の苦手と見られるものは猪だけでした。その猪も実際はさして怖るべき敵でもないので、彼はゆとりがありました。

「都には牙《きば》のある人間がいるかい」

「弓をもったサムライがいるよ」

「ハッハッハ。弓なら俺は谷の向うの雀《すずめ》の子でも落すのだからな。都には刀が折れてしまうような皮の堅い人間はいないだろう」

「鎧《よろい》をきたサムライがいるよ」

「鎧は刀が折れるのか」

「折れるよ」

「俺は熊も猪も組み伏せてしまうのだからな」

「お前が本当に強い男なら、私を都へ連れて行っておくれ。お前の力で、私の欲しい物、都の粋を私の身の廻りへ飾っておくれ、そして私にシンから楽しい思いを授けてくれることができるなら、お前は本当に強い男なのさ」

「わけのないことだ」

男は都へ行くことに心をきめました。彼は都にありとある櫛や笄や簪や着物や鏡や紅を三日三晩とたたないうちに女の廻りへ積みあげてみせるつもりでした。何の気がかりもありません。一つだけ気にかかることは、まったく都に関係のない別なことでした。

それは桜の森でした。

二日か三日の後に森の満開が訪れようとしていました。今年こそ、彼は決意していました。桜の森の花ざかりのまんなかで、身動きもせずジッと坐っていてみせる。彼は毎日ひそかに桜の森へでかけて蕾《つぼみ》のふくらみをはかっていました。あと三日、彼は出発を急ぐ女に言いました。

「お前に支度の面倒があるものかね」と女は眉《まゆ》をよせました。「じらさないでおくれ。都が私をよんでいるのだよ」

「それでも約束があるからね」

「お前がかえ。この山奥に約束した誰がいるのさ」

「それは誰もいないけれども、ね。けれども、約束があるのだよ」

「それはマア珍しいことがあるものだねえ。誰もいなくって誰と約束するのだえ」

男は嘘がつけなくなりました。

「桜の花が咲くのだよ」

「桜の花と約束したのかえ」

「桜の花が咲くから、それを見てから出掛けなければならないのだよ」

「どういうわけで」

「桜の森の下へ行ってみなければならないからだよ」

「だから、なぜ行って見なければならないのよ」

「花が咲くからだよ」

「花が咲くから、なぜさ」

「花の下は冷《つ》めたい風がはりつめているからだよ」

「花の下にかえ」

「花の下は涯《はて》がないからだよ」

「花の下がかえ」

男は分らなくなってクシャクシャしました。

「私も花の下へ連れて行っておくれ」

「それは、だめだ」

男はキッパリ言いました。

「一人でなくちゃ、だめなんだ」

女は苦笑しました。

男は苦笑というものを始めて見ました。そんな意地の悪い笑いを彼は今まで知らなかったのでした。そしてそれを彼は「意地の悪い」という風には判断せずに、刀で斬っても斬れないように、と判断しました。その証拠には、苦笑は彼の頭にハンを捺《お》したように刻みつけられてしまったからです。それは刀の刃のように思いだすたびにチクチク頭をきりました。そして彼がそれを斬ることはできないのでした。

三日目がきました。

彼はひそかに出かけました。桜の森は満開でした。一足ふみこむとき、彼は女の苦笑を思いだしました。それは今までに覚えのない鋭さで頭を斬りました。それだけでもう彼は混乱していました。花の下の冷めたさは涯のない四方からどっと押し寄せてきました。彼の身体は忽《たちま》ちその風に吹きさらされて透明になり、四方の風はゴウゴウと吹き通り、すでに風だけがはりつめているのでした。彼の声のみが叫びました。彼は走りました。何という虚空でしょう。彼は泣き、祈り、もがき、ただ逃げ去ろうとしていました。そして、花の下をぬけだしたことが分ったとき、夢の中から我にかえった同じ気持を見出しました。夢と違っていることは、本当に息も絶え絶えになっている身の苦しさでありました。

★

男と女とビッコの女は都に住みはじめました。

男は夜毎に女の命じる邸宅へ忍び入りました。着物や宝石や装身具も持ちだしましたが、それのみが女の心を充《み》たす物ではありませんでした。女の何より欲しがるものは、その家に住む人の首でした。

彼等の家にはすでに何十の邸宅の首が集められていました。部屋の四方の衝立《ついたて》に仕切られて首は並べられ、ある首はつるされ、男には首の数が多すぎてどれがどれやら分らなくとも、女は一々覚えており、すでに毛がぬけ、肉がくさり、白骨になっても、どこのたれということを覚えていました。男やビッコの女が首の場所を変えると怒り、ここはどこの家族、ここは誰の家族とやかましく言いました。

　女は毎日首遊びをしました。首は家来をつれて散歩にでます。首の家族へ別の首の家族が遊びに来ます。首が恋をします。女の首が男の首をふり、また、男の首が女の首をすてて女の首を泣かせることもありました。

　姫君の首は大納言《だいなごん》の首にだまされました。大納言の首は月のない夜、姫君の首の恋する人の首のふりをして忍んで行って契《ちぎ》りを結びます。契りの後に姫君の首が気がつきます。姫君の首は大納言の首を憎むことができず我が身のさだめの悲しさに泣いて、尼《あま》になるのでした。すると大納言の首は尼寺へ行って、尼になった姫君の首を犯します。姫君の首は死のうとしますが大納言のささやきに負けて尼寺を逃げて山科《やましな》の里へかくれて大納言の首のかこい者となって髪の毛を生やします。姫君の首も大納言の首ももはや毛がぬけ肉がくさりウジ虫がわき骨がのぞけていました。二人の首は酒もりをして恋にたわぶれ、歯の骨と噛《か》み合ってカチカチ鳴り、くさった肉がペチャペチャくっつき合い鼻もつぶれ目の玉もくりぬけていました。

　ペチャペチャとくッつき二人の顔の形がくずれるたびに女は大喜びで、けたたましく笑いさざめきました。

「ほれ、ホッペタを食べてやりなさい。ああおいしい。姫君の喉もたべてやりましょう。

ハイ、目の玉もかじりましょう。すすってやりましょうね。ハイ、ペロペロ。アラ、おいしいね。もう、たまらないのよ、ねえ、ほら、ウンとかじりついてやれ」

女はカラカラ笑います。綺麗な澄んだ笑い声です。薄い陶器が鳴るような爽《さわ》やかな声でした。

坊主の首もありました。坊主の首は女に憎がられていました。いつも悪い役をふられ、憎まれて、嬲《なぶ》り殺しにされたり、役人に処刑されたりしました。坊主の首は首になって後《のち》に却《かえ》って毛が生え、やがてその毛もぬけてくさりはて、白骨になりました。白骨になると、女は別の坊主の首を持ってくるように命じました。新しい坊主の首はまだうら若い水々しい稚子《ちご》の美しさが残っていました。女はよろこんで机にのせ酒をふくませ頬《ほお》ずりして舐《な》めたりくすぐったりしましたが、じきあきました。

「もっと太った憎たらしい首よ」

女は命じました。男は面倒になって五ツほどブラさげて来ました。ヨボヨボの老僧の首も、眉の太い頬っぺたの厚い、蛙《かえる》がしがみついているような鼻の形の顔もありました。耳のとがった馬のような坊主の首も、ひどく神妙な首の坊主もあります。けれども女の気に入ったのは一つでした。それは五十ぐらいの大坊主の首で、ブ男で目尻がたれ、頬がたるみ、唇が厚くて、その重さで口があいているようなだらしのない首でした。女はたれた目尻の両端を両手の指の先で押えて、クリクリと吊りあげて廻したり、獅子鼻《ししばな》の孔《あな》へ二本の棒をさしこんだり、逆さに立ててころがしたり、だきしめて自分のお乳を厚い唇の間へ押しこんでシャブらせたりして大笑いしました。けれどもじきにあきました。

美しい娘の首がありました。清らかな静かな高貴な首でした。子供っぽくて、そのくせ死んだ顔ですから妙に大人びた憂《うれ》いがあり、閉じられたマブタの奥に楽しい思いも悲しい思いもマセた思いも一度にゴッちゃに隠されているようでした。女はその首を自分の娘か妹のように可愛《かわい》がりました。黒い髪の毛をすいてやり、顔にお化粧してやりました。ああでもない、こうでもないと念を入れて、花の香りのむらだつようなやさしい顔が浮きあがりました。

娘の首のために、一人の若い貴公子の首が必要でした。貴公子の首も念入りにお化粧され、二人の若者の首は燃え狂うような恋の遊びにふけります。すねたり、怒ったり、憎んだり、嘘をついたり、だましたり、悲しい顔をしてみせたり、けれども二人の情熱が一度に燃えあがるときは一人の火がめいめい他の一人を焼きこがしてどっちも焼かれて舞いあがる火焔《かえん》になって燃えまじりました。けれども間もなく悪侍だの色好みの大人だの悪僧だの汚い首が邪魔にでて、貴公子の首は蹴られて打たれたあげくに殺されて、右から左から前から後から汚い首がゴチャゴチャ娘に挑みかかって、娘の首には汚い首の腐った肉がへばりつき、牙のような歯に食いつかれ、鼻の先が欠けたり、毛がむしられたりします。すると女は娘の首を針でつついて穴をあけ小刀で切ったり、えぐったり、誰の首よりも汚らしい目も当てられない首にして投げだすのでした。

男は都を嫌いました。都の珍《めず》らしさも馴れてしまうと、なじめない気持ばかりが残りました。彼も都では人並に水干《すいかん》を着ても脛《すね》をだして歩いていました。白昼は刀をさすことも出来ません。市《いち》へ買物に行かなければなりませんし、白首のいる居酒屋で酒をのんでも金を払わねばなりません。市の商人は彼をなぶりました。野菜をつんで売りにくる田舎女も子供までなぶりました。白首も彼を笑いました。都では貴族は牛車で道のまんなかを通ります。水干をきた跣足《はだし》の家来はたいがいふるまい酒に顔を赤くして威張りちらして歩いて行きました。彼はマヌケだのバカだのノロマだのと市でも路上でもお寺の庭でも怒鳴られました。それでもうそれぐらいのことには腹が立たなくなっていました。

男は何よりも退屈に苦しみました。人間共というものは退屈なものだ、と彼はつくづく思いました。彼はつまり人間がうるさいのでした。大きな犬が歩いていると、小さな犬が吠《ほ》えます。男は吠えられる犬のようなものでした。彼はひがんだり嫉《ねた》んだりすねたり考えたりすることが嫌いでした。山の獣や樹や川や鳥はうるさくはなかったがな、と彼は思いました。

「都は退屈なところだなア」と彼はビッコの女に言いました。「お前は山へ帰りたいと思わないか」

「私は都は退屈ではないからね」

とビッコの女は答えました。ビッコの女は一日中料理をこしらえ洗濯し近所の人達とお喋りしていました。

「都ではお喋りができるから退屈しないよ。私は山は退屈で嫌いさ」

「お前はお喋りが退屈でないのか」

「あたりまえさ。誰だって喋っていれば退屈しないものだよ」

「俺は喋れば喋るほど退屈するのになあ」

「お前は喋らないから退屈なのさ」

「そんなことがあるものか。喋ると退屈するから喋らないのだ」

「でも喋ってごらんよ。きっと退屈を忘れるから」

「何を」

「何でも喋りたいことをさ」

「喋りたいことなんかあるものか」

男はいまいましがってアクビをしました。

都にも山がありました。然し、山の上には寺があったり庵《いおり》があったり、そして、そこには却《かえ》って多くの人の往来がありました。山から都が一目に見えます。なんというたくさんの家だろう、そして、なんという汚い眺めだろう、と思いました。

彼は毎晩人を殺していることを昼は殆《ほとん》ど忘れていました。なぜなら彼は人を殺すことにも退屈しているからでした。何も興味はありません。刀で叩《たた》くと首がポロリと落ちているだけでした。首はやわらかいものでした。骨の手応《てごた》えはまったく感じることがないもので、大根を斬るのと同じようなものでした。その首の重さの方が彼にはよほど意外でした。

彼には女の気持が分るような気がしました。鐘《かね》つき堂では一人の坊主がヤケになって鐘をついています。何というバカげたことをやるのだろうと彼は思いました。何をやりだすか分りません。こういう奴等と顔を見合って暮すとしたら、俺でも奴等を首にして一緒に暮すことを選ぶだろうさ、と思うのでした。

けれども彼は女の慾望《よくぼう》にキリがないので、そのことにも退屈していたのでした。女の慾望は、いわば常にキリもなく空を直線に飛びつづけている鳥のようなものでした。休むひまなく常に直線に飛びつづけているのです。その鳥は疲れません。常に爽快《そうかい》に風をきり、スイスイと小気味よく無限に飛びつづけているのでした。

けれども彼はただの鳥でした。枝から枝を飛び廻り、たまに谷を渉《わた》るぐらいがせいぜいで、枝にとまってうたたねしている梟にも似ていました。彼は敏捷《びんしょう》でした。全身がよく動き、よく歩き、動作は生き生きしていました。彼の心は然し尻の重たい鳥なのでした。彼は無限に直線に飛ぶことなどは思いもよらないのです。

男は山の上から都の空を眺めています。その空を一羽の鳥が直線に飛んで行きます。空は昼から夜になり、夜から昼になり、無限の明暗がくりかえしつづきます。その涯に何もなくいつまでたってもただ無限の明暗があるだけ、男は無限を事実において納得することができません。その先の日、その先の日、そのまた先の日、明暗の無限のくりかえしを考えます。彼の頭は割れそうになりました。それは考えの疲れでなしに、考えの苦しさのためでした。

家へ帰ると、女はいつものように首遊びに耽《ふけ》っていました。彼の姿を見ると、女は待ち構えていたのでした。

「今夜は白拍子《しらびょうし》の首を持ってきておくれ。とびきり美しい白拍子の首だよ。舞いを舞わせるのだから。私が今様《いまよう》を唄《うた》ってきかせてあげるよ」

男はさっき山の上から見つめていた無限の明暗を思いだそうとしました。この部屋があのいつまでも涯のない無限の明暗のくりかえしの空の筈ですが、それはもう思いだすことができません。そして女は鳥ではなしに、やっぱり美しいいつもの女でありました。

けれども彼は答えました。

「俺は厭だよ」

女はびっくりしました。そのあげくに笑いだしました。

「おやおや。お前も憶病風に吹かれたの。お前もただの弱虫ね」

「そんな弱虫じゃないのだ」

「じゃ、何さ」

「キリがないから厭になったのさ」

「あら、おかしいね。なんでもキリがないものよ。毎日毎日ごはんを食べて、キリがないじゃないか。毎日毎日ねむって、キリがないじゃないか」

「それと違うのだ」

「どんな風に違うのよ」

男は返事につまりました。けれども違うと思いました。それで言いくるめられる苦しさを逃《のが》れて外へ出ました。

「白拍子の首をもっておいで」

女の声が後から呼びかけましたが、彼は答えませんでした。

彼は、なぜどんな風に違うのだろうと考えましたが分りません。だんだん夜になりました。彼はまた山の上へ登りました。もう空も見えなくなっていました。

彼は気がつくと、空が落ちてくることを考えていました。空が落ちてきます。彼は首をしめつけられるように苦しんでいました。それは女を殺すことでした。

空の無限の明暗を走りつづけることは、女を殺すことによって、とめることができます。そして、空は落ちてきます。彼はホッとすることができます。然し、彼の心臓には孔があいているのでした。彼の胸から鳥の姿が飛び去り、掻《か》き消えているのでした。

あの女が俺なんだろうか？　そして空を無限に直線に飛ぶ鳥が俺自身だったのだろうか？　と彼は疑りました。女を殺すと、俺を殺してしまうのだろうか。俺は何を考えているのだろう？

なぜ空を落さねばならないのだか、それも分らなくなっていました。あらゆる想念が捉《とら》えがたいものでありました。そして想念のひいたあとに残るものは苦痛のみでした。夜が明けました。彼は女のいる家へ戻る勇気が失われていました。そして数日、山中をさまよいました。

ある朝、目がさめると、彼は桜の花の下にねていました。その桜の木は一本でした。桜の木は満開でした。彼は驚いて飛び起きましたが、それは逃げだすためではありません。なぜなら、たった一本の桜の木でしたから。彼は鈴鹿の山の桜の森のことを突然思いだしていたのでした。あの山の桜の森も花盛りにちがいありません。彼はなつかしさに吾《われ》を忘れ、深い物思いに沈みました。

山へ帰ろう。山へ帰るのだ。なぜこの単純なことを忘れていたのだろう？　そして、なぜ空を落すことなどを考え耽っていたのだろう？　彼は悪夢のさめた思いがしました。救われた思いがしました。今までその知覚まで失っていた山の早春の匂いが身にせまって強く冷めたく分るのでした。

男は家へ帰りました。

女は嬉《うれ》しげに彼を迎えました。

「どこへ行っていたのさ。無理なことを言ってお前を苦しめてすまなかったわね。でも、お前がいなくなってからの私の淋しさを察しておくれな」

女がこんなにやさしいことは今までにないことでした。男の胸は痛みました。もうすこしで彼の決意はとけて消えてしまいそうです。けれども彼は思い決しました。

「俺は山へ帰ることにしたよ」

「私を残してかえ。そんなむごたらしいことがどうしてお前の心に棲《す》むようになったのだろう」

女の眼は怒りに燃えました。その顔は裏切られた口惜しさで一ぱいでした。

「お前はいつからそんな薄情者になったのよ」

「だからさ。俺は都がきらいなんだ」

「私という者がいてもかえ」

「俺は都に住んでいたくないだけなんだ」

「でも、私がいるじゃないか。お前は私が嫌いになったのかえ。私はお前のいない留守はお前のことばかり考えていたのだよ」

女の目に涙の滴《しずく》が宿りました。女の目に涙の宿ったのは始めてのことでした。女の顔にはもはや怒りは消えていました。つれなさを恨む切なさのみが溢《あふ》れていました。

「だってお前は都でなきゃ住むことができないのだろう。俺は山でなきゃ住んでいられないのだ」

「私はお前と一緒でなきゃ生きていられないのだよ。私の思いがお前には分らないのかねえ」

「でも俺は山でなきゃ住んでいられないのだぜ」

「だから、お前が山へ帰るなら、私も一緒に山へ帰るよ。私はたとえ一日でもお前と離れて生きていられないのだもの」

女の目は涙にぬれていました。男の胸に顔を押しあてて熱い涙をながしました。涙の熱さは男の胸にしみました。

　たしかに、女は男なしでは生きられなくなっていました。新しい首は女のいのちでした。そしてその首を女のためにもたらす者は彼の外《ほか》にはなかったからです。彼は女の一部でした。女はそれを放すわけにいきません。男のノスタルジイがみたされたとき、再び都へつれもどす確信が女にはあるのでした。

「でもお前は山で暮せるかえ」

「お前と一緒ならどこででも暮すことができるよ」

「山にはお前の欲しがるような首がないのだぜ」

「お前と首と、どっちか一つを選ばなければならないなら、私は首をあきらめるよ」

　夢ではないかと男は疑りました。あまり嬉しすぎて信じられないからでした。夢にすらこんな願ってもないことは考えることが出来なかったのでした。

　彼の胸は新《あらた》な希望でいっぱいでした。その訪れは唐突で乱暴で、今のさっきまでの苦しい思いが、もはや捉えがたい彼方《かなた》へ距《へだ》てられていました。彼はこんなにやさしくはなかった昨日までの女のことも忘れました。今と明日があるだけでした。

　二人は直ちに出発しました。ビッコの女は残すことにしました。そして出発のとき、女はビッコの女に向って、じき帰ってくるから待っておいで、とひそかに言い残しました。

★

目の前に昔の山々の姿が現れました。呼べば答えるようでした。旧道をとることにしました。その道はもう踏む人がなく、道の姿は消え失せて、ただの林、ただの山坂になっていました。その道を行くと、桜の森の下を通ることになるのでした。

「背負っておくれ。こんな道のない山坂は私は歩くことができないよ」

「ああ、いいとも」

男は軽々と女を背負いました。

男は始めて女を得た日のことを思いだしました。その日も彼は女を背負って峠のあちら側の山径《やまみち》を登ったのでした。その日も幸せで一ぱいでしたが、今日の幸せはさらに豊かなものでした。

「はじめてお前に会った日もオンブして貰ったわね」

と、女も思いだして、言いました。

「俺もそれを思いだしていたのだぜ」

男は嬉しそうに笑いました。

「ほら、見えるだろう。あれがみんな俺の山だ。谷も木も鳥も雲まで俺の山さ。山はいいなあ。走ってみたくなるじゃないか。都ではそんなことはなかったからな」

「始めての日はオンブしてお前を走らせたものだったわね」

「ほんとだ。ずいぶん疲れて、目がまわったものさ」

男は桜の森の花ざかりを忘れてはいませんでした。然し、この幸福な日に、あの森の花ざかりの下が何ほどのものでしょうか。彼は怖れていませんでした。

そして桜の森が彼の眼前に現れてきました。まさしく一面の満開でした。風に吹かれた花びらがパラパラと落ちています。土肌の上は一面に花びらがしかれていました。この花びらはどこから落ちてきたのだろう？　なぜなら、花びらの一ひらが落ちたとも思われぬ満開の花のふさが見はるかす頭上にひろがっているからでした。

男は満開の花の下へ歩きこみました。あたりはひっそりと、だんだん冷めたくなるようでした。彼はふと女の手が冷めたくなっているのに気がつきました。俄《にわか》に不安になりました。とっさに彼は分りました。女が鬼であることを。突然どッという冷めたい風が花の下の四方の涯から吹きよせていました。

男の背中にしがみついているのは、全身が紫色の顔の大きな老婆でした。その口は耳までさけ、ちぢくれた髪の毛は緑でした。男は走りました。振り落そうとしました。鬼の手に力がこもり彼の喉にくいこみました。彼の目は見えなくなろうとしました。彼は夢中でした。全身の力をこめて鬼の手をゆるめました。その手の隙間から首をぬくと、背中をすべって、どさりと鬼は落ちました。今度は彼が鬼に組みつく番でした。鬼の首をしめました。そして彼がふと気付いたとき、彼は全身の力をこめて女の首をしめつけ、そして女はすでに息絶えていました。

彼の目は霞《かす》んでいました。彼はより大きく目を見開くことを試みましたが、それによって視覚が戻ってきたように感じることができませんでした。なぜなら、彼のしめ殺したのはさっきと変らずやはり女で、同じ女の屍体《したい》がそこに在《あ》るばかりだからでありました。

彼の呼吸はとまりました。彼の力も、彼の思念も、すべてが同時にとまりました。女の死体の上には、すでに幾つかの桜の花びらが落ちてきました。彼は女をゆさぶりました。呼びました。抱きました。徒労でした。彼はワッと泣きふしました。たぶん彼がこの山に住みついてから、この日まで、泣いたことはなかったでしょう。そして彼が自然に我にかえったとき、彼の背には白い花びらがつもっていました。

そこは桜の森のちょうどまんなかのあたりでした。四方の涯は花にかくれて奥が見えませんでした。日頃のような怖れや不安は消えていました。花の涯から吹きよせる冷めたい風もありません。ただひっそりと、そしてひそひそと、花びらが散りつづけているばかりでした。彼は始めて桜の森の満開の下に坐っていました。いつまでもそこに坐っていることができます。彼はもう帰るところがないのですから。

桜の森の満開の下の秘密は誰にも今も分りません。あるいは「孤独」というものであったかもしれません。なぜなら、男はもはや孤独を怖れる必要がなかったのです。彼自らが孤独自体でありました。

彼は始めて四方を見廻しました。頭上に花がありました。その下にひっそりと無限の虚空がみちていました。ひそひそと花が降ります。それだけのことです。外《ほか》には何の秘密もないのでした。

ほど経て彼はただ一つのなまあたたかな何物かを感じました。そしてそれが彼自身の胸の悲しみであることに気がつきました。花と虚空の冴《さ》えた冷めたさにつつまれて、ほのあたたかいふくらみが、すこしずつ分りかけてくるのでした。

彼は女の顔の上の花びらをとってやろうとしました。彼の手が女の顔にとどこうとした時に、何か変ったことが起ったように思われました。すると、彼の手の下には降りつもった花びらばかりで、女の姿は掻き消えてただ幾つかの花びらになっていました。そして、その花びらを掻き分けようとした彼の手も彼の身体も延《のば》した時にはもはや消えていました。あとに花びらと、冷めたい虚空がはりつめているばかりでした。

窮死

国木田独歩

九段坂の最寄《もより》にけちなめし屋がある。春の末の夕暮に一人の男が大儀そうに敷居をまたげた。既に三人の客がある。まだ洋燈《ランプ》を点《つ》けないので薄暗い土間に居並ぶ人影も朧《おぼろ》である。

先客の三人も今来た一人も、皆《み》な土方か立《たち》んぼうぐらいのごく下等な労働者である。よほど都合のいい日でないと白馬《どぶろく》も碌々《ろくろく》は飲めない仲間らしい。けれども先《せん》の三人は、多少《いくら》か好結果《よ》かったと見えて思い思いに飲《や》っていた。

『文公《ぶんこう》、そうだ君の名は文《ぶん》さんとか言ったね。身体《からだ》は如何《どう》だね。』と角張《かどば》った顔の性質《ひと》の良《よさ》そうな四十を越した男が隅から声をかけた。

『ありがとう、どうせ長くはあるまい』と今来た男は捨てばちに言って、投げるように腰掛けに身を下して、両手で額を押え、苦しい咳息《せき》をした。年ごろは三十前後である。

『そう気を落とすものじゃアない、しっかりなさい』と、この店《みせ》の亭主《ていしゅ》が言った。それぎりで誰《だれ》も何《なん》とも言わない。心のうちでは『長くあるまい』と言うのに同意をしているのである。

『六銭しか無い、これで何《なん》でもいいから……』と言いさして、咳息で食わして貰《もら》いたいという言葉が出ない。文公は頭の髪《け》を両手で握《つ》かんで悶《もが》いている。めそめそ泣いている赤児《あかんぼ》を背負《せお》ったおかみさんは洋燈を点けながら

『苦《く》るしそうだ、水をあげようか。』と振り向いた。文公は頭を横に振った。

『水よりかこの方《ほう》がいい、これなら元気がつく』と三人の一人の大男《おおおとこ》が言った。この男はこの店には馴染《なじみ》でないと見えて先刻《さっき》から口をきかなかったのである。突き出したのが白馬の杯《さかずき》。文公はまたも頭を横にふった。

『一本つけよう。やっぱりこれでないと元気がつかない。代価《だい》は何時《いっ》でもいいから飲《や》った方がよかろう。』と亭主《あるじ》は文公が何《なん》とも返事せぬ中《うち》に白馬を一本つけた。すると角ばった顔の男が

『何《なア》に文公が払えない時は自分《わし》が如何《どう》にでもする。えッ、文公、だから一ツ飲ってみな。』

それでも文公は頭を押えたまま黙っていると、間もなく白馬一本と野菜の煮物《につけ》を少《すこし》ばかり載せた小皿一つが文公の前に置かれた。この時やっと頭を上げて『親方どうも済まない。』と弱い声で言ってまたも咳息をしてホッと溜息《ためいき》を吐《つ》いた。長《なが》顔《おもて》の痩《や》せこけた顔で、頭は五分刈りがそのまま伸《のび》るだけのびて、もも、く、ち、ゃ、になって少《すこし》の光沢《つや》もなく、灰色がかっている。

文公のお陰で陰気勝になるのも仕方がない、しかし誰もそれを不平に思う者はないらしい。文公は続けざまに三、四杯ひっかけてまたも頭を押えたが、人々の親切を思わぬでもなく、また深く思うでもない。まるで別の世界から言葉をかけられたような気持もするし、うれしいけれど、それが、それまでの事である事を知っているから『どうせ長くはない』との感《かんじ》を、暫時《しばし》の間《あいだ》でもよいから忘れたくても忘れる事ができないのである。身体《からだ》にも心にも、呆然《ぽかん》としたような絶望的無我が霧のように重く、あらゆる光を遮って立ちこめている。

空腹《すきはら》に飲んだので、間もなく酔いがまわりやや元気づいてきた。顔を上げて我知らずに、や、り、と笑った時は、四角の顔が直《す》ぐ

『そら見ろ、気持ちが直ったろう。飲《や》れ飲れ、一本で足りなきやアもう一本飲れ、私《わし》が引受けるから。何でも元気を加《つけ》るにゃアこれに限《かぎる》ッて事よ！』と御自身の方《ほう》が大元気に

なってきたのである。

この時、外から二人の男が駆けこんできた。何《いず》れも土方風の者である。『とうとう降《やっ》て来《きや》アがった。』と叫《さ》けんで思い思いに席を取《と》った。文公の来る前から西の空が真黒に曇り、遠雷さえ轟《とどろ》きてただならぬ気勢《けしき》であったのである。『何《な》に、直ぐ晴《あが》ります。だけど今時分の驟雨《ゆうだち》なんて余程《よっぽど》気まぐれだ。』と亭主《あるじ》が言った。

二人が飛込んでから急に賑《にぎお》うてきて、何時《いつ》しか文公に気をつける者も無くなった。外はどしゃ降りである。二個《ふたつ》の洋燈の光線《ひかり》は赤く微《かすか》に、陰影《かげ》は闇《くら》く遍《あまね》くこの煤《すす》けた土間を籠《こ》めて、荒くれ男の赫顔《あからがお》だけが右に左に動いている。

文公は恵《めぐま》れた白馬一本をちびちび飲みおわると飯《めし》を初《はじめ》た、これも赤児を背負《おぶっ》た女主人《かみさん》の親切で鱈腹《たらふく》食った。そして、出掛けると急に亭主《あるじ》がこっちを向いて

『未《ま》だ降ってるだろう、止《やん》でから行《い》きな。』

『たいしたことはあるまい。皆様《みなさん》どうもありがとう』と穴だらけの外套《がいとう》を頭から被って外へ出た。もう晴《あが》り際の小降りである。ともかくも路地を辿って通街《とおり》へ出た。亭主《ていしゅ》は雨が止んでから行きなと言ったが、どこへ行《ゆ》く？　文公は路地口の軒下に身を寄せて往来の上下《かみしも》を見た。幌人車《ほろぐるま》が威勢よく駈《かけ》ている。店々の灯火《ともしび》が道路《みち》に映っている。一、二丁先の大通りを電車が通る。さて文公はどこへ行《ゆ》く？

めし屋の連中も文公がどこへ行《い》くか、勿論《もちろん》知らないがしかしどこへ行《い》こうと、それは問題でない。何故なれば居残っている者の中《うち》でも、今夜はどこへ泊まるかを決定《きめ》ていないものがある。この人々は大概、所謂《いわゆ》る居所不明《きょしょふめい》、若《もしく》は不定な連中《れんじゅう》であるから文公の今夜の行先《ゆくさき》など気にしないのも無理はない。しかし彼《あ》の容態では遠《とお》からずまいってしまうだろうとは文公の去った後《あと》での噂《うわさ》であった。

『可憐《かわい》そうに。養育院へでもはい入ればいい。』と亭主《あるじ》が言った。

『ところがその養育院とかいう奴《やつ》は面倒臭《めんどうくさ》くってなかなかは入られないという事だぜ。』

と客の土方の一人がいう。

『それじゃア行倒《ゆきだおれ》だ！』と一人が言う。

『誰か引取手《ひきとりて》が無いものかナ。全体野郎は何国《どこ》の者だ。』と一人が言う。

『自分でも知るまい。』

　実際文公は自分がどこで生まれたのか全く知《しら》ない、両親《おや》も兄弟もあるのか無いのかすら知ない、文公という称呼《な》も、誰《たれ》いうとなく自然《ひとりで》に出来たのである。十二歳頃の時、浮浪少年とのかどで、暫時《しばらく》監獄に飼《かわ》れていたが、いろいろの身のためになるお話を聞された後《のち》、門から追《お》い出《ださ》れた。それから三十幾歳《いくつ》になるまで種々《しゅじゅ》な労働に身を任して、やはり以前の浮浪生活を続けてきたのである。この冬に肺を患《やん》でから薬一滴飲むことすら出来ず、土方にせよ、立坊《たちんぼう》にせよ、それを休めば直ぐ食うことが出来ないのであった。『もうだめだ』と、十日ぐらい前から文公は思っていた。それでも稼げるだけは稼がなければならぬ。それで今日も朝五銭、午後《ひるご》に六銭だけ漸《ようや》く稼いで、その六銭を今めし屋で費《つか》ってしまった。五銭は昼めしに成《なっ》ているから一文も残らない。

さて文公はどこへ行《ゆ》く？　茫然《ぼんやり》軒下に立って眼前《めのまえ》のこの世の様《さま》を熟《じっ》と見ている中《うち》に、『アア寧《いっ》そ死《しん》でしまいたいなア』と思った。この時、悪寒《おかん》が全身《みうち》に行《ゆ》きわたって、ぶるぶるッと慄《ふる》えた、そして続けざまに苦《く》るしい咳息をして嚔入《むせびい》った。

ふと思い付いたのは今から二月前《ふたつきまえ》に日本橋の或所《あるところ》で土方をした時知《し》り合《あい》になった弁公という若者《わかいの》がこの近処に住《すん》でいることであった。道悪《みちわる》を七、八丁飯田町の河岸の方《ほう》へ歩いて闇《くら》い狭い路地を入ると突当《つきあたり》に薄鉄葺《ブリキぶき》の棟の低い家《うち》がある。もう雨戸が引よせてある。辿り着いて、それでも思い切って

『弁公、家か。』

『誰だい。』と内《うち》から直ぐ返事がした。

『文公だ。』

戸が開《あい》て『何《なん》の用だ。』

『一晩泊《と》めてくれ。』と言われて弁公直ぐ身を横に避《よ》けて

『まアこれを見てくれどこへ寝られる？』

見ればなるほど三畳敷の一室《ひとま》に名ばかりの板間《いたのま》と、上口《あがりぐち》にようやく下駄を脱ぐだけの土間とがあるばかり、その三畳敷に寝床《ねどこ》が二つ敷《しい》てあって、豆洋燈《まめランプ》が板の間の箱の上に乗《のせ》てある。その薄い光で一ツの寝床に寝ている弁公の親父《おやじ》の頭が朧《おぼろ》に見える。

文公の黙っているのを見て、

『常例《いつも》の婆々《ばばア》の宿《やど》へ何《なん》故で行《ゆ》かねえ？』

『文《もん》なしだ。』

『三晩や四晩借りたって何《なん》だ。』

『ウンと借《かり》が出来てもう行《いけ》ねえんだ。』と言い様《さま》、咳息をして苦しい息を内に引くや思《おもわ》ずホッと疲れ果《はて》た溜息《ためいき》を洩《もら》した。

『身体《からだ》も良く無いようだナ、』と、弁公初《はじめ》て気がつく。

『すっかり駄目になっちゃった。』

『そいつは気の毒だなア』と内と外で暫時《しばし》無言で衝立《つったっ》ている。すると未だ寝着《ねつか》れないでいた親父が頭を擡《もた》げて

『弁公、泊めて遣れ、二人寝るのも三人寝るのも同じことだ。』

『同じことは一《ひとつ》こった。それじゃア足を洗《あら》うんだ。この磨滅下駄《ちびげた》を持《もっ》てそこの水道で洗《あ》

らってきな、』と弁公景気よく言って、土間を探り、下駄を拾って渡した。

そこで文公は漸《やっ》と宿を得て、二人の足の裾《すそ》に丸くなった。親父も弁公も昼間の激しい労働で熟睡したが文公は熱と咳息とで終夜苦しめられ暁天《あけがた》近くなって漸《やっ》と寝入った。

短夜《みじかよ》の明け易く四時半には弁公引窓を明けて飯《めし》を焚《た》きはじめた。親父もまもなく起きて身支度をする。

飯米《めし》が出来るや先《ま》ず弁公はその日の弁当、親父と自分との一度分を作える《こしら》。終わって二人は朝飯《あさめし》を食《く》いながら親父は低い声で

『この若者《わかいの》は余程身体《よっぽどからだ》を痛めているようだ。今日は一日そっとしておいて仕事を休ます方がよかろう。』

弁公は頬張《ほおば》って首を縦に二、三度振る。

『そして出がけに、飯《めし》も煮《た》いてあるから勝手に食べて一日休めと言え。』

弁公はうなずいた、親父は一段声を潜めて

『他人事《ひとごと》と思うな、及公《おれ》なんぞもう死のうと思った時、仲間の者に助けられたなア一度や二度じゃアない。助けてくれるのは何時《いっ》も仲間中《うち》だ、汝《てめえ》もこの若者《わかいの》は仲間だ助けておけ。』

弁公は口をもごもごしながら親父の耳に口を寄せて

『でも文公は長くないよ。』

親父は急に箸《はし》を立《たて》て、睨《にら》みつけて
『だからなお助けるのだ。』

弁公はまたも従順《すなお》にうなずいた。出がけに文公を揺《ゆ》り起して
『オイ一寸《ちょっ》と起《おき》ねえ、これから、我等《おいら》は仕事に出るが、兄公《あにき》は一日休むがいい。飯も炊《たい》てあるからナア、イイカ留守を頼んだよ。』

文公は不意に起こされたので、驚いて起き上がりかけたのを弁公が止めたので、また寝て、その言うことを聞いてただうなずいた。

余り当《あて》にならない留守番だから雨戸を引きよせて親子は出て行《い》った。文公は留守居と言われたので直ぐ起きていたいと思ったが転《ころが》っているのが結極楽《つまりらく》なので十時頃まで眼《め》だけ覚めて起き上ろうとも為《し》なかったが、腹が空《へ》ったので苦しいながら起き直った。飯を食《く》ってまたごろりとして、夢現《ゆめうつつ》で正午近《ぢか》くなるとまた腹が空る。それでまた食ってごろついた。

弁公親子は或《ある》親分に属《つい》て市の埋立工事の土方を稼いでいたのである。弁公は堀《ほり》を埋《うめ》る組、親父は下水用の土管を埋《うめ》るための深い溝を掘る組。それでこの日は親父は溝を掘《ほっ》ていると午後三時頃、親父の跳上《はねあ》げた土が折しも通りかかった車夫《くるまひき》の脚《すね》にぶつかった。こ

の車夫は車も衣装《みなり》も立派で乗せていた客も紳士であったが、突如《いきなり》人車《くるま》を止《と》めて、『何《なに》をしやアがるんだ、』と言いさま溝の中の親父に土の塊を投《なげ》つけた。『気をつけろ、間抜《まぬけ》め』というのが捨台詞《すてぜりふ》でそのまま行《い》こうとすると、親父は承知しない。

『この野郎！』と言いさま道路《おうらい》に這《は》い上《あが》って、今しも梶棒《かじぼう》を上げかけている車夫に土を投つけた。そして

『土方だって人間だぞ、ばかにしやアがんな、』と叫《さ》けんだ。

車夫は取《とっ》て返し、二人は握合《つかみあい》を初めたが、一方は血気の若者《わかもの》ゆえ、苦もなく親父を溝に突き落とした。落ちかけた時、調子の取りようが悪かったので、棒が倒れるように深い溝に転げ込んだ。そのため後脳《こうのう》を甚《ひど》く撃ち肋骨《ろっこつ》を折って親父は悶絶《もんぜつ》した。見る間に附近《ふきん》に散在していた土方が集まってきて、車夫は殴打《なぐ》られるだけ殴打られその上交番に引きずって行《ゆ》かれた。

虫の呼吸《いき》の親父は戸板に乗せられて親方と仲間の土方二人と、気抜けのしたような弁公とに送られて家《うち》に帰った。それが五時五分である。文公はこの騒《さわぎ》に吃驚《びっくり》して、隅の方《ほう》へ小さくなってしまった。間もなく近所の医者《いしゃ》が来る事は来た。診察の型だけして『もう脈がない。』と言ったきり、そこそこに去《い》ってしまった。

『弁公毅然《しっかり》しな、俺が必然《きっと》仇《かたき》を取ってやるから。』と親方は言いながら財布から五十銭

銀貨を三、四枚取り出して『これで今夜は酒でも飲《のん》で通夜をするのだ、明日《あす》は早くから俺も来て始末をしてやる。』

親方の去《い》った後《あと》で今まで外に立《たっ》ていた仲間の二人はともかく内へ入った。けれども坐《すわ》る処《ところ》がない。この時弁公は突然《いきなり》文公に

『親父は車夫《くるまひき》の野郎と喧嘩《けんか》をして殺されたのだ。これを与《や》るから木賃《きちん》へ泊《とま》ってくれ。今夜は仲間と通夜をするのだから、』と貰った銀貨一枚を出した。文公はそれを受け取って

『それじゃア親父さんの顔を一度見せてくれ。』

『見ろ。』と言って弁公は被《かぶ》せてあったものを除《とっ》たが、この時《とき》はもう薄闇《うすぐら》いので、明白《はっきり》しない。それでも文公は熟《じっ》と見た。

飯田町の狭い路地から貧しい葬儀《とむらい》が出た日の翌日の朝の事である。新宿赤羽間の鉄道線路に一人の轢死者《れきししゃ》が発見《みつか》った。

轢死者は線路の傍《そば》に置かれたまま薦《こも》が被《か》けてあるが頭の一部と足の先だけは出ていた。手が一本ないようである。頭は血にまみていた。六人の人がこの周囲《まわり》をウロウロしている。高い堤《どて》の上に児守《こもり》の小娘《こむすめ》が二人と職人体《しょくにんてい》の男が一人、無言で見物しているばかり、

四辺《あたり》には人影がない。前夜の雨がカラリと晴《あが》って、若草若葉の野は光り輝いている。

六人の一人は巡査、一人は医者《いしゃ》、三人は人夫、そして中折帽《なかおれぼう》を冠《かぶ》って二子《ふたこ》の羽織《はおり》を着た男は村役場の者らしく、線路に沿《そ》うて二、三間《げん》のところを往《ゆき》つ返《もど》りつしている。始終談笑しているのが巡査と人夫で、医者はこめかみの辺《へん》を両手で押えて蹲居《しゃが》んでいる。けだし棺桶《かんおけ》の来るのを皆《みな》が待っているのである。

『二時の貨物車で轢《ひ》かれたのでしょう。』と人夫の一人が言った。

『その時は未《ま》だ降っていたかね？』と巡査が煙草《たばこ》に火を点けながら問うた。

『降っていましたとも。雨の上ったのは三時過ぎでした。』

『どうも病人らしい。ねえ大島様《おおしまさん》。』と巡査は医者の方を向いた、大島医師《いし》は巡査が煙草を吸っているのを見て、自身《じぶん》も煙草を出して巡査から火を借りながら、

『無論病人です。』と言って轢死者の方を一寸《ちょっ》と見た。すると人夫が

『昨日《きのう》そこの原を徘徊《うろつ》いていたのがこの野郎に違いありません。たしかにこの外套を着た野郎ですひょろひょろ歩いては木の蔭に休んでいました。』

『そうすると何《なん》だナ、やはり死ぬ気で来たことは来たが昼間は死ねないで夜行《や》ったのだナ。』と巡査は言いながら、疲労《くたび》れて上《のぼ》り下《くだ》り両線路の間に蹲《しゃが》んだ。

『奴《やっこ》さん彼《あ》の雨にどしどし降られたので如何《どう》にもこうにも忍堪《やり》きれなくなってそこの堤《どて》

から転がり落ちて線路の上へ打倒《ぶったお》れたのでしょう。』と、人夫は見たように話す。『何《なに》しろ憐《あわ》れむべき奴《やつ》サ。』と巡査が言って何心なく堤を見ると見物人が増えて学生らしいのも交っていた。

この時赤羽行きの汽車が朝暾《あさひ》を真《ま》ともに車窓に受けて威勢よく駛《はし》ってきた。そして火《か》夫《ふ》も運転手も乗客《じょうかく》も皆《み》な身を乗出して薦《こも》の被《か》けてある一物《いちもつ》を見た。

この一物は姓名も原籍も不明というので例の通り仮埋葬の処置を受けた。これが文公の最後であった。

実に人夫が言った通り文公は如何《どう》にもこうにもやりきれなくって倒れたのである。

恐しき通夜

海野十三《うんのじゅうざ》

1

「一体どうしたというんだろう。大変に遅いじゃないか」

眉《まゆ》を顰《ひそ》めて、吐きだすように云ったのは、赭《あか》ら顔《がお》の、でっぷり肥った川波船二《かわなみふねじ》大尉だった。窓の外は真暗で、陰鬱《いんうつ》な冷気《れいき》がヒシヒシと、薄い窓硝子《ガラス》をとおして、忍びこんでくるのが感じられた。

「ほう、もう八時に二分しか無いね。先生、また女の患者にでも摑《つかま》ってんのじゃないか」

腕時計の硝子蓋《ガラスぶた》を、白い実験着の袖《そで》で、ちょいと丸く拭《ぬぐ》いをかけて、そう皮肉ったのは白皙《はくせき》長身の理学士星宮羊吾《ほしみやようご》だった。

これは第三航空試験所の一部、室内には二人の外誰も見えない。だがこの二十坪ばかりの実験室には、所も狭いほど、大きな試験台や、金具《かなぐ》がピカピカ光る複雑な測定器や、頑丈《がんじょう》な鉄の枠《フレイム》に囲《かこ》まれた電気機械などが押しならんでいて、四面の鼠色《ねずみいろ》の壁体《へきたい》の上には、妖怪《ようかい》の行列をみるようなグロテスク極《きわ》まる大きい影が、匍《は》いのぼっているのだった。

「キ、キ、キ、キキキッ」

ああ厭《いや》な鳴き声だ。

ホト、ホトと、入口の重い扉《と》の叩かれる音。二人は、顔を見合わせた。

クルクルと把手《ハンドル》の廻る音がして、扉《ドア》がしずかに開く。そのあとから、ソッと顔が出た。色の浅ぐろい、苦味《にがみ》の走ったキリリとした顔の持ち主――大蘆原《おおあしはら》軍医だった。

室内の先客《せんきゃく》である川波大尉と星宮理学士との二人が、同時にハアーッと溜息《ためいき》をつくと、同時に言葉をかけた。

「遅いじゃないか。どうしたのか」と大尉。

「あまり静かに入ってきたので、また気が変な女でもやってきたのかと思ったよ。ハッハハッ」と星宮理学士が、作ったような笑い方をした。

「キキキッ」

とまた鳴いた。

「可哀想《かわいそう》に、鳴いているな」そう云って大蘆原軍医は、大きい鉄枠《てつわく》のなかを覗《のぞ》きこんだ。そこには大きな針金で拵《こしら》えた籠《かご》があって、よく肥ったモルモットが三十匹ほど、藁床《わらどこ》の上をゴソゴソ匍いまわっていた。

「じゃ、そろそろ実験にとりかかろうじゃないか」と星宮理学士が、腰をあげて、長身をスックリと伸《のば》した。

「よかろう」研究班長の川波大尉は、実験方針書としるしてある仮綴《かりとじ》の本を片手に摑《つか》みあげた。「第一測定は、午後九時カッキリにするとして、まず実験準備の方をテストすることにしよう。大蘆原軍医殿に、モルモットを硝子鐘《ガラスがね》のなかに移して貰おう。それから、星宮君は、すぐ真空喞筒《しんくうポンプ》を回転《まわ》してくれ給え」

航空大尉と、理学士と、軍医との協同実験が始まった。これは川波大尉が担任する研究題目で、航空学に関する動物実験なので、気圧の低くなった硝子鐘《ガラスがね》のなかに棲息《せいそく》するモルモットの能力について、これから一時間毎に、観測をしてゆこうというのだった。大尉は専《もっぱ》ら指揮を、理学士は器械部の目盛を読むことを、そして軍医がモルモットの動物反応を記録するのが役目だった。この三人の学者は、毎時間に、五分間を観測と記録に費《ついや》すと、故障の突発しないかぎり、あとの五十五分間というものを過ごすのに、はなはだ退屈《たいくつ》を感ずるのだった。

2

「この調子で、暁け方まで頑張るのは、ちと辛いね」と大蘆原軍医が、ポケット・ウィスキーの小さいアルミニューム製のコップを、コトリと卓上《テーブル》の上に置きながら云うのだった。

「軍医どのの栄螺《さざえ》料理が無ければ、儂《わし》は五十五分間ずつ寝るつもりだった」と川波大尉が、ポカポカ湯気《ゆげ》のあがっている真黒の栄螺の壺《つぼ》を片手にとりあげ、お汁をチュッと吸ってから、そう云った。

「大蘆原軍医殿は、この栄螺の内臓を珍重《ちんちょう》されるようだが、僕はこんな味のものだとは、今日の今日まで知らなかった」と、星宮理学士は、長い箸《はし》を器用に使って、黄色味がかったプリプリするものを挾《はさ》みあげると、ヒョイと口の中に抛《ほう》りこんで、ムシャムシャと甘《う》味《ま》そうに喰べた。

「そうです、これは一種異様の味がするでしょう。お気に入りましたか星宮君」と軍医は照れたような薄笑いを浮べ、ダンディらしい星宮理学士の口許《くちもと》に射るような視線をおくった。

「そうかね、僕の方の栄螺は、別に変った味もないが、どうれ……」と大尉は、向うから箸をのばして、星宮理学士の壺焼の中を摘もうとした。

「吁《あ》ッ、川波大尉」駭《おどろ》いたように軍医はそれを遮《さえぎ》った。「まだ栄螺は、こっちにもドッサリありますから、こっちのをおとり下さい。なにも、星宮君が陶酔《とうすい》している分をお取りなさらなくても……」

そういって、何故か軍医は、大尉の前に別の壺焼を置いたのだった。

「あ、そうか、これはすまない」と、大尉はちょっと機嫌を損じたが、アルコールの加減で、すぐまた元のような上機嫌に回復した。「こんなに新しいと、いくらでも喰えるね」

「いや、今僕の喰ったやつは、中で一番違った味をもっていてね、珍らしい栄螺だった」と、理学士はまだ惜しそうに、空《から》になった殻《から》を振り、奥の方に箸をつきこみながら、舌なめずりをした。「やあ、いくら突ついても、もうでてこないや」

「僕の御馳走が、お気に召して恐縮《きょうしゅく》だ」大蘆原軍医は、ウィスキーをつぎこんでも、一向赤くならない顔をあげていった。「だが、食うものがボツボツ無くなり、こう腹の皮が突っ張ってきたのでは、一層睡くなるばかりだね。――それじゃ、どうだろう。これから皆で、一時間ずつ交替で、なにかこう体験というか、実話というか、兎《と》に角《かく》、睡気《ねむけ》を醒《さ》ます効目《ききめ》のある話――それもなるたけ、あまり誰にも知られていないという話《やつ》を、この場かぎりという条件で、喋《しゃべ》ることにしちゃ、どうだろうかね」

「ウン、そりゃ面白い」と星宮理学士が、すぐ合槌《あいづち》をうった。

「いま九時をすこし廻ったところだから、これから十時、十一時、十二時と、ちょうど真夜中《まよなか》までに、三人の話が一とまわりするンじゃ。川波大尉殿、まず君から、なにかソノ秘話《ひわ》といったようなものを始め給え」

「儂《わし》に口を開かせるなんて、罪なことだと思うが」と川波大尉は、ちょっと丸苅《まるがり》の坊主《ぼうず》頭《あたま》をクルリと撫《な》でながら、「どうせ三人きりのことだ。一人脱《ぬ》けたって面白くあるまい。それじゃ、何か話そうか、ハテどんなことを喋《しゃべ》ったものか……」

第一話　川波大尉の話

「大蘆原《おおあしはら》さんが云ったとおり、本当にこれはこの場かぎりの話なんだが、一昨年《おととし》の秋の事、南太平洋で海軍の特別大演習があった時の事だったが、演習もいよいよ峠《とうげ》が見えてきた四日目。場所は、退却を余儀なくされている青軍《せいぐん》の最前線にあたる土佐湾《とさわん》の南方五十浬《カイリ》の洋上だった。

儂は、この青軍の航空母艦『黄鷲《きわし》』に乗っていて、戦闘機を一台受持ってた。こいつは最新型というやつではないが、儂達《わしたち》には永年馴染《ながねんなじみ》の、非常に使いよい飛行機だった。当時儂の配属《はいぞく》は、第十三戦隊の司令で、僚機《りょうき》として、同型の戦闘機二台を引率《いんそつ》していたのだった。わが青軍の根拠地の土佐湾は、いよいよ持ちきれなくなって、横須賀軍港《よこすかぐんこう》へ引移ることに決定した。多分、その日の夜に入《い》ると、北上《ほくじょう》してきた赤軍《せきぐん》は、勢いに乗じて、大挙《たいきょ》土佐湾の夜襲戦《やしゅうせん》を展開することだろうと、想像された。その時刻までに、わが青軍の主力は、前夜魚雷《ぜんやぎょらい》に見舞われて速力が半分に墜《お》ちた元の旗艦《きかん》『釧路《くしろ》』を掩護《えんご》して、うまく逃げ落ちねばならなかった。それには日没前《にちぼつぜん》まで、航空母艦『黄鷲』を中心とする航空戦隊が、赤軍の出てくる鼻先を、なんとかして喰《く》い留《と》めねばならなかったのだった。

儂達《わしたち》の戦闘第十三戦隊の三機は、幾度《いくたび》となく母艦《ぼかん》の滑走甲板《かっそうかんぱん》から、空中へ急角度に舞いあがって、敵機とわたり合い、軽巡《けいじゅん》の戦隊を脅《おびや》かした。儂達の戦隊の活躍は、自分でいうのは少しおかしいが、実に目覚《めざ》ましいものだったよ。殊に僚機の第二号機に竹花《たけはな》中尉、第三号機には熊内《くまうち》中尉が単身《たんしん》乗りこんでいたが、その水際《みずぎわ》だった操縦ぶりは、演習という気分をとおりすぎて、むしろ実戦かと思われるほど壮快無比なもので、イヤ壮快すぎて、物凄《ものすご》いと云った方が当っているくらいだった。いつも三機雁行《がんこう》の、その先登に立っていた司令機内のこの儂は、反射凸面鏡《はんしゃとつめんきょう》の中に写る僚機の、殺気だった戦闘ぶりを、ちょいちょい眺めては、すくなからず心配になってきたものだ。夕刻に近づくと、かねて気象警報が出ていたとおり、灰色の雲は低く低くたれ下って来、白く浪立《なみだ》ってきた洋上に、霧がすこしずつ濃くなってくるのだった。

(今夜は、どうしても一《ひ》と嵐《あらし》くるな)

味方にとっては、いよいよ事態は不幸に向っていった。西に傾《かたむ》いた太陽は、密雲《みつうん》の蔭にスッカリ隠れてしまったり、そうかと思うと急にその切れ目から顔を現わして、真赤な光線を、機翼《きよく》に叩きつけるのだった。ちょうど、そのときだった。あの一大椿事《だいちんじ》が突発したのは……。

ここまで云えば、君達も感付いたろうが、この椿事は、翌朝の新聞紙に『大演習の犠牲。青軍の戦闘機二機、空中衝突して太平洋上に墜つ。乗組の竹花、熊内両中尉の死体も機影《きえい》も共に発見せられず。原因は密雲《みつうん》のためか……』などと書きたてられたあの事件なのだ。海軍当局の調査も、新聞の報ずるところとは大した相違がなかった。無論、現《げん》場《じょう》付近にいた唯一《ゆいいつ》の人間である儂は、調査委員会の席上で証言をさせられてこんなことを云った。『青軍《せいぐん》の危急《ききゅう》を救うべく、敵前《てきぜん》において危険きわまる低空の急旋転《きゅうせんてん》を行いたるところ、折柄《おりから》洋上には密雲のために陽光暗く、加うるに霧やや濃く、僚機との連絡至難となり、遂に空中衝突を惹起《じゃっき》せるものなり』てなことを云ったので、不可抗力《ふかこうりょく》の椿《ちん》事《じ》として、両中尉は戦死と同格の栄誉を担《にな》ったわけだった。だがここに話がある！

儂は僚友のために、実は偽《いつわ》りの報告をしたのだった。事実はこうだった、いいかね。あのとき、洋上を飛翔《ひしょう》していた儂は、いつの間にやら僚機から遠く離れてしまっているのに気がついたのだった。吃驚《びっくり》して後を見ると、遙か下の空で、二機はしきりに横転《おうてん》をやっているじゃないか。これは無論、儂の指令じゃない。なにか故障を起したのかなとも考えたので、儂は方向舵《ほうこうだ》を静かに廻しながら、尚《なお》も注意していると、どうも故障とは様子がちがう。一機が他の一機を執拗《しつよう》に追いかけているようなのだ。一機が、思いきった逆宙返《ぎゃくちゅうがえ》りをうって遁《のが》れると、他の一機もさらに鮮《あざや》かな宙返りをうって迫り、機翼と機翼とがスレスレになるのだった。儂は、この追駆《おいか》けごっこが、冗談ではないことに直ぐ気がついた。このまま拋っておけば、二人とも死ぬ。何とかして二人を引離す頓智はないものかと考えたが、咄嗟《とっさ》のことと巧《うま》い術策《すべ》が浮かんでこない。

望遠鏡を目にあてて、よくよく眺めてみると、歯を剥《む》いて追っかけている方は、熊内中尉だった。追いかけられているのは竹花中尉、中尉の顔が、ちょうど雲間から現われた斜陽《はすび》を真正面に浴びて、儂のレンズの底にハッキリと映じたが、彼は飛行帽も眼鏡もかなぐり捨てて、片手を空《むな》しく顔前《がんぜん》にうち振り、彼の顔はキリストの前に立った罪人のように、百の憐愍《れんびん》を請《こ》うているのだった。『おれが悪かった！　何でも後から相談に応じるから、おれを死なせないでくれ給え』と、そんな風に見える真青《まっさお》の顔だった。そして尚も、助かろうとして逃げた。竹花中尉には、熊内中尉の恐ろしい決心のほどが、ハッキリと判るのだった。

実は二人の間には、こんな訳があるのだった。二人は元々K県出の、たいへん仲の善い僚友《りょうゆう》だったが、あの事件の時から一年ほど前に、儂も識《し》っているがAという若い女が、二人の間近かに現われてからというものは、急に二人は背《そむ》いて行った。そのAという女は、非常に眼と唇とのうつくしい、そして色がぬけるように白くて、真紅な帯や、真紅な模様の羽織なんかがよく似合う少女だった。笑うと、ちょいと開いた唇の間から、真白な糸切り歯《いときりば》がニッと出てくるのが、また何とも云えないほど可愛らしく見えた。その

Aさんという少女に、二人が同時に惚れこんだのも、全く無理のないことだった。しかしお互に、相手の気持を知ると、二人は二十幾年の友情も、プッツリ忘れてしまった。彼等は、表面は何喰わぬ顔で勤務をしていながら、内心では蛇と狼とのように睨《にら》み合《あ》っていたのだ。彼等は悪辣《あくらつ》な手段で、お互《たがい》を陥《おとしい》れ合った。自分の血で、相手の骨を洗った。

その結果、Aという女は、遂に竹花中尉の方へ傾いてゆき結納《ゆいのう》までとりかわされ、この演習が済むと、直ちに水交社《すいこうしゃ》で婚礼が挙げられることにまで、事がきまっていたのだった。あわれ、恋に敗れた熊内中尉は、悪魔におのが良心を啄《ついば》むに委《まか》せた。そこで中尉の恐ろしい復讐が計画されたのだった。

『竹花にあの女を与えてなるものか。また、自分をここまで引張《ひっぱ》りまわした女に、素直に幸福を与えてなるものか』そういって熊内中尉は歯を喰いしばったのだった。『ようし、見ておれ、竹花のやつを、地獄へひきずりこんでやるんだ。やつが、おれの計画に感付いたとき、どんな泣きッ面をするか。そいつを見ることが、ああ、せめてもの娯《たの》しみだ。吠《ほ》えろ、喚《わめ》け、竹花中尉！』

熊内中尉の計画は見事に効を奏したのだった。儂があの時覗いた竹花中尉の『死』への反発『生』への執着《しゅうちゃく》に腫《は》れあがった相貌《そうぼう》は、あさましいというよりは、悪鬼のように物凄いものだった。さすがの儂も眼を蔽《おお》った。やがて気がついてみると、二機は互に相手の胴中を噛合《かみあ》ったような形になり、引裂かれた黄色い機翼を搦《から》ませあい、白煙をあげ海面目懸けて墜落してゆくのが見えた。それが遂に最後だった。戯《たわむ》れに恋はすまじ、戯れでなくとも恋はすまじ、そんなことを痛感したのだった。儂は、あの日のことを思い出すと、今でも心臓が怪しい鼓動《こどう》をたてはじめるのじゃよ」

そう云って川波大尉は、額の上に水珠《みずだま》のように浮き出でた油汗を、ソッと拭《ぬぐ》ったのだった。ちょうどの時、時計は午後十時のところに針が重《かさな》ったので、三人はそのまま、黙々《もくもく》と立って、測定装置の前に、並んだのだった。

3

第二話　星宮理学士の話

「さて僕には、川波大尉殿のような、猟奇譚《りょうきたん》の持ち合わせが一向にないのだ。といって引下るのも甚だ相済まんと思うので、僕自身に相応した恋愛戦術でも公開することにしよう。

さっき、大尉どのは、『戯れに恋はすまじ、戯れならずとも恋はすまじ』と、禅坊主《ぜんぼうず》か修道院《しゅうどういん》生徒のような聖句《せいく》を吐かれたが、僕は、どうかと思うね。それなら、ちょいと伺《うかが》ってみたい一条がある、とでもねじ込みたい。大尉どのの、あの麗《うるわ》しい奥様のことなんだ。あんな見事な麗人《れいじん》をお持ちでいて、『恋はすまじ』は、すさまじいと思うネ。僕は詳《くわ》しいことは一向知らないけれど、よほどのロマンスでもないかぎり、大尉どのに、あの麗人《れいじん》がかしずく筈がないと思うんだ、いや、大尉どのは憤慨《ふんがい》せられるかもしれないけれどね――。で僕に忌憚《きたん》なく云わせると、大尉どのの結論は、本心の暴露《ばくろ》ではなく、何かこうためにせんとするところの仮面結論《かめんけつろん》だと思うのだ。大尉どのの真意《しんい》はどこにある？　こいつは面白い問題だ――と、イヤにむきになって喰ってかかるような口を利くのも、実はこうしないと、これからの僕の下手な話が、睡魔《すいま》を誘《さそ》うことになりはしないかと、心配になるのでね。

そこで、僕に云わせると、失恋の極《きょく》、命をなげだして、恋敵《こいがたき》と無理心中をやった熊内中尉は、大馬鹿者だと思う。鰻の香《におい》を嗅いだに終った竹花中尉も、小馬鹿《こばか》ぐらいのところさ。何故って云えば、熊内中尉の場合において、Aとか云う女を手に入れることは、ちょっとしたトリックと手腕さえあれば、なんの苦もなく手に入るのだった。Aは竹花中尉と結婚することにはなっているが、熊内中尉を別に毛虫のように芯《しん》から嫌っているわけではないのだから、いくらでも、竹花中尉との縁組《えんぐみ》をAに自らすすんで破らせるくらいのことは、なんなくできるんだ。何しろ相手は、東西も判らない未婚の娘なんじゃないか。

人の細君は誘惑できないというが僕は二日で手に入れた記録がある。その細君を仮りに――そうだネB子夫人と名付けておこう。色が牛乳のように白く、可愛《かわ》いい桜桃《さくらんぼ》のように弾力のある下唇をもっていて、すこし近視らしいが円《つぶ》らな眼には湿ったように光沢《こうたく》のある長い睫毛《まつげ》が、美しい双曲線をなして、並んでいた――というと、なんだか、川波大尉どののお話のAさんという少女に似ているところもあるようだね。とにかくそのB子夫人は、僕の食慾《アペタイト》を激しくあおりあげたのだった。食慾を感ずるのは、胃袋が悪いんだろうか、その唆《そその》かすような甘い香《か》を持った紅い果実が悪いのだろうか、どっちだろうかと考えたほどだった。だが、僕は日頃の信念に随って、飽《あ》くまで科学的に冷静だった。筋書どおりにチャンスが向うからやってくるまで、なんの積極的な行動もとらなかった。

軈《やが》てチャンスは思いがけなく急速にやってきた。というのは、B子がその夫君《ハズ》と四五日間気拙《きまず》い日を送った。その動機は、僅かの金が無いことから起ったのだった。その次の日は、彼女の夫君《ハズ》が出張に出かけることまで僕のところには解っていた。B子夫人はその日、某デパートへ買いもののため、彼女の郊外の家を出掛けたが、その道すがら突然アパッシュの一団に襲われたのだった。小暗《こぐら》い森蔭《もりかげ》に連れ込まれて、あわや狼藉《ろうぜき》というところへ飛び出したのが僕だった。諸君はそのような馬鹿なことがと嗤《わら》うかもしれないが、B子夫人も普通の婦女とおなじく、この昔風な狂言暴行を疑いもせで、泪《なみだ》を流して僕に感謝したばかりか、記念のためというので、奇妙な彫《ほり》の指環《ゆびわ》まで贈物として僕によこしたじゃないか。そのとき僕は、『御主人には黙っていられた方がいいですよ』と云うことを忘れなかった。心に空虚のあったB子夫人が、その胸にいかなる夢を描いたことやら、またその夫君《ハズ》が出張にでかけた翌日、偶然のように訪ねていった僕をどんなに歓待《かんたい》したか。女なんか、新しがっても、本当は古い古いものなのさ」

こう云って星宮学士が、胸の底まで気持よく吸いこんだ煙草の烟を、フーッと静かに吐きだしたが、この話を傍できいていた川波大尉の顔面《がんめん》が、急にひきつるように硬《こわ》ばってきたのに、まるで気がつかないような顔をしていたのだった。

「それから、こんな話もある」と学士は第二話のつづきをまた語りはじめるのだった。

「こいつは、僕の一番骨を折った女だったが、カッキリ半年も懸った。無論その半年の間、僕はこの女ばかりを覘《ねら》っていたのでは無く、沢山の若い女を猟《あさ》りあるいているその片手間《かたてま》に、一つの長篇小説でも書くつもりで、じっくり襲いかかって行ったのだ。その女は、しっかりした家庭に育った九條武子《くじょうたけこ》のようなノーブルなお嬢さんだった。彼女の名前を、仮りにC子（とそう云って、星宮学士は何故かハッと呼吸を止めた）――そう、C子と呼ぼう。この少女は、はちきれるような素晴らしい肉体を持っているのに、精神的には不感性《ふかんしょう》に等しく、無類の潔癖《けっぺき》だった。すべて彼女の背後にある厳格な教育が、彼女をそうさせたのだった。二三度誘ったが、こりゃ駄目だと思った。そのままで賞味《しょうみ》してしまう手段はあったが、それでは充分美味《おい》しく戴《いただ》けない。そう悟ったので、僕は一夜脳髄をしぼって、最も科学的な方法を案出した。幸い僕は家庭教師として、彼女に数学を教える役目を得たので、それで時々会っては、音楽会に誘った。次は映画の会へ連れてった。その映画も、教育映画から次第にロマンティックなものへ、それから辛《かろ》うじて上演禁止を免れたカットだらけの映画へ、さらにすすんではカットのない試写ものへと移って行った。彼女は別に眉を顰《しか》めはしなかった。というのは、この速力がいかにも緩漫だったからだ。映画を見あきると、レヴィウを見た。宝塚《たからづか》の可愛いいレヴィウから、カジノ・フォリー、プペ・ダンサントと進み、北村富子一座などというエロ・ダンスへ移り、アパッシュ・ダンスを観た。C子が僕と踊りたいといい出したのはちょうどその頃だった。僕は一応それを押しとどめたが、それは無論、手だった。興奮しきった彼女は、僕の忠告に、倍以上の反発《はんぱつ》をもって舞踊《ぶよう》を強いた。僕達は、あの淫猥《いんわい》なアクロバティック・ダンスを見て帰ると、その次の日には、僕の室をすっかり閉めきって、二人で昨夜のダンスを真似てみるのだった。勿論《もちろん》何の経験ももたない僕達に、あんなに激しいダンスが踊れるわけはなかった。僕達は不意に手を離してしまって床の上に撞《どう》と抛《な》げだされて瘤《こぶ》を拵《こしら》えたり、ドッと衄血《はなじ》を出したり、筋をちがえた片腕を肩に釣って疼痛《とうつう》にボロボロ泪を流しながらも、奇怪なる舞踊をつづけたのだった。だが僕達の身体は清浄《せいじょう》で、C子はまだ処女だった。時分はよしと、僕は彼女を、秘密室のあるダンス場めぐりに連れ出したのだった。それから四五日経って、C子は逆に僕を挑《いど》んだのだ。だが僕は素気《そっけ》なく拒絶した。拒絶されると反《かえ》って嵐のような興奮がC子の全身に植えつけられたのだった。すべて僕の注文どおりだった。その翌日、僕は、六ケ月かかって発酵《はっこう》させたC子という豊潤《ほうじゅん》な美酒《びしゅ》を、しみじみと味わったことだった。

こうして僕が味わった女の数は、百を越えている。こんなことを、貞操蹂躙《ていそうじゅうりん》とか色《しき》魔《ま》とか云って大騒ぎする奴の気が知れない。『洗滌《せんじょう》すれば、なにごともなかったと同じように清浄になるのだ』とロシアの若い女たちは云っているじゃないか。それに違いない。誰もが、徹底して考えて実行すればいいのだ。そりゃ中には捨てた女からピストルをつきつけられることもあるが、何でもない。万一射ちころされたとしても散々甘味《さんざんうまみ》な酒に酔《よ》い痴《し》れたあとの僕にとって『死』はなんの苦痛でもなければ、制裁とも感じない。僕の家の机の上にはふくよかな肘突《ひじつき》があるが、その肘突の赤と黒との縮緬《ちりめん》の下に入っているものは、実は僕が関係した女たちから、コッソリ引き抜いてきた……」

「オイ星宮君、十一時がきた！」と、この時横合いから口を入れた大蘆原軍医の声は、調子外《ちょうしはず》れに皺枯《しわが》れていた。

4

第三話　大蘆原軍医の話

「それでは私が、今夜の通夜物語の第三話を始めることにしよう」そう云って軍医はスリー・キャッスルに火をつけた。

「川波大尉どののお話といま聞いたばかりの星宮君の話とは全然内容がちがっている癖

に、恋愛論というか性愛論というか、それが含まれているところには、一種連続点があるようだ。そこで、私の話も、勢いその後を引継いだように進めるのが、面白いように思う。ところがちょうどここに偶然、第三話として、まことに恰好な物語があるんだ。そいつを話すことにしよう。

実は今夜、私がここへ出勤するのが、常日頃に似合わず、大変遅れてしまって、諸君に御迷惑をかけたが（と云って軍医は軽く頭を下げた）何故私が手間どったのか、それについてお話しよう。

今夜七時、私の自宅に開いている医院に、一人の婦人患者がやってきたのだ。美貌《びぼう》のせいもあるだろうが、二十を過ぎたとは見えぬうら若い女性だった。その、少女とでも云いたいような彼女が、私に受けたいというのは、実は人工流産だというんだ。一体、人工流産をさせるには、医学的に相当の理由が無くては、開業医といえどもウッカリ手を下せないのだ。母体が肺結核《はいけっかく》とか慢性腎臓炎《まんせいじんぞうえん》であるとかで、胎児《たいじ》の成長や分娩《ぶんべん》やが、母体の生命を脅《おびや》かすような場合とか、母体が悪質の遺伝病を持っている場合とかに始めて人工流産をすることが、法律で許されてある。もしこれに反して、別段母体が危険に瀕《ひん》してもいないのに、人工流産を施《ほどこ》すと、その医者は無論のこと、患者も共ども、堕胎《だたい》罪《ざい》として、起訴されなければならない。

「いや、遅くなった。患者《かんじゃ》が来たもんで（と、『患者』という言葉に力を入れて発音しながら）手間がとれちまった。だが、お詫《わ》びの印《しるし》に、お土産を持ってきたよ、ほら……」

そういって大蘆原軍医は、入口のところで何やら笊《ざる》の中に盛りあがった真黒なものを、さしあげてみせた。

「何じゃ、それは……」

「栄螺《さざえ》じゃよ、今日の徹夜実験の記念に、僕がうまく料理をして、御馳走をしてやるからね」大蘆原軍医はそう云ってから、笊《ざる》の中から、一番大きな栄螺を摑《つか》みあげると、二人のいる卓上《テーブル》のところまで持ってきた。磯《いそ》の香《か》がプーンと高く、三人の鼻をうった。すばらしく大きい、獲《と》れたばかりと肯《うなず》かれる新鮮な栄螺だった。

「大きな栄螺じゃな」と大尉は喜んだ。

「軍医殿は、人間のお料理ばかりかと思っていたら、栄螺のお料理も、おたっしゃなんだね」と、星宮理学士が野次《やじ》った。

そこで三人の間にどっと爆笑が起った。だが反響の多いこの室内の爆笑は大変賑《にぎや》かだったが、一旦それが消えてしまうとなると、反動的に、墓場のような静寂《せいじゃく》がヒシヒシと迫《せま》ってくるのだった。

さて、その若い女の全身に亙《わた》って、精密な診断を施したところ、人工流産を施《ほどこ》すべきや否《いな》やについて、非常に困難な判断が要ることが判った。それというのが、打ちみたところ、この女は立派に成熟していたが、すこし心神《しんしん》にやや過度の消耗《しょうもう》があり、左肺尖《ひだりはいせん》に軽微《びじゃく》ながら心配の種になるラッセル音が聴こえるのだ。この患者の体力消耗が一時的現象で、このまま回復するのだと、肺尖加答児《はいせんかたる》も間もなく治癒《ちゆ》するだろうから、折角始めて得た子宝《こだから》のことでもあり、流産をさせないでそのまま、正規分娩にまで進ませていいのだ。だがもし、この消耗が恢復せず、さらに悪化するようなら、断然《だんぜん》流産をさせておく方がよろしい。しからば、この女性について、見込みはいずれであろうか、と考えると、これがどっちにも考えられるのだ。私として、これは惑わざるを得ない事柄だった。

『もう一ト《ヒ》月待ってみませんか』

と私は云いたいところだ。しかし、一ケ月後の人工流産では、すこし大きくなりすぎているので、母体の余後が少し案ぜられるのだった。けれども、私はそんなことを口に出して云わなかった。それというのが、以前この女の口から泪《なみだ》をもって聞かされた話があるからなのだ。

この若い女には、彼女の胎児にパパと呼ばせる男がなかったのだ。と云って、その男が死んでしまったわけではない。早く云えばこの女は、親の許さぬ或る男に身を委せ、とうとう妊娠《にんしん》して仕舞ったのだ。男は、幣履《へいり》のごとく、この女をふり捨ててしまったのだった。彼女は、星宮君の云うがごときロシアの女には、なりきれなかったのだ。棄てられてしまうと、彼女はやっと目が覚めた。貞操を弄《もてあそ》ばれた悔恨《かいこん》が、彼女の小さい胸に、深い深い溝《みぞ》を刻みこんだ。それからというものは、彼女は人が変ったように終日《ひねもす》おのれの小さい室に引籠《ひきこも》って、家人にさえ顔を合わすのを厭《いや》がったが、遂には極度の神経衰弱に陥り、一時は、あられもない事を口走るようになってしまったのだった。

彼女の家庭のひとびとは、彼女を捨てたその男を呪《のろ》ってやまなかった。中でも一番ふかい憤怒《ふんぬ》をいだいたのは、次兄にあたる人だった。次兄は彼女が幼いときから、特別に彼女を可愛いがっていたのだった。

『大きくなったら、あたいのお嫁さんに貰おうかなア』

などと云って両親や、伯母たちに散々笑われたほどだった。そんなに可愛いがった妹が、救《すく》う途《みち》のない汚辱《おじょく》に泣き暮しているのを見ると、その次兄は、

『復讐《ふくしゅう》だ、復讐だ！　きっとその男を殺して、八ツ裂《ざ》きにしてやるんだ。おれがその男を殺した廉《かど》により、次の日、死刑にされたっていい』

と家中を呶鳴《どな》って歩いたものだ。彼は復讐の方法をあれやこれやと考えたのだったが、遂には、それはすべて無駄だと判った。それというのが、その男は、星宮君と同じよう

な近代的の主義思想の男で殺されても一向制裁と感じないという種類の人物だった——とマア、斯様《かよう》に連絡をつけて話をしないと、どうも面白味が出てこない」

軍医はポケットから手帛《ハンカチ》を探しだして汗を拭いた。このとき南に面した硝子窓《ガラスまど》が、カタコトと鳴って、やがてパラパラと高い音をたてて大粒の雨がうち当った。

「ほう、これはひどい雨になったな。——でその次兄というのが、智恵袋《ちえぶくろ》を、いくたびもいくたびも絞《しぼ》りかえしているうちに、とうとう彼は、その場に三尺も躍りあがるような、素晴らしい復讐《ふくしゅう》を考えついたのだった。それは……」

と、ここまで大蘆原軍医が話してくると、どこかで、

「コトコト、コトコト……」

と扉《ドア》を叩くような物音がした。三人の男は、サッと顔色をかえると、一斉《せい》に入口の扉の方にふりむいたのだった。

「吁《あ》ッ！」

扉が、しずかに手前へ開いてゆく。

扉の蔭から、若い女の姿が現われた。ぴったり身体についた緋色《ひいろ》の洋装が、よく似合う美しい女だった。

「紅子——」

そう呼んだのは、川波大尉だった。それは、紛《まぎ》れもなく川波大尉夫人の紅子に違いなかったのであった。

「紅子、お前は一体、どうしてこんな夜更《よふけ》に、こんな場所までやってきたのだ」

「ちょいと、お顔がみたかったのよ。それだけなの、おほほほほ」

と紅子は笑いながら、悪びれた様子もなく一座を見まわした。このときニヤリと笑ったのは、星宮学士だった。待ち構えたように、それを逸早《いちはや》く認めた川波大尉だった。彼は軍医の話をそちのけにして、スックリその場に立ち上った。

「紅子、お前にちょっと聞くが、儂が土耳古《トルコ》で買ってきたといった珍らしい彫刻のある指環を、お前にやっておいたが、先日そいつを、どこかで失くしたと云ったね」

「エエそうですわ。でもあれは、もう済んだことじゃありませんの」と紅子は、丸い肩を、ちょっとすぼめるようにして云った。

「よォし、無いと判ってりゃ、よいのだ」大尉はそう云うとクルリと身を飜《ひるがえ》し、いきなり星宮学士の両腕をグッと摑《つか》んだ。「貴様！　という貴様は、実に怪しからん奴だ。儂《わし》の女房を誘惑しておいて、よくもあんな無礼《ぶれい》きわまる口を叩いたな。死ぬのを怖れんという貴様に、殺される苦痛がどんなものか教えてやるんだ！」

実験室の静寂《せいじゃく》と平和とは、古石垣《ふるいしがき》のようにガラガラと崩れて行った。

「ウフ。今になって気がついたか、可哀想な大尉どの。だが僕が簡単に殺せると思ったら大間違いだよ」

「言うな、色魔《しきま》！」

「なにを――」と星宮学士は、右のポケットにあるピストルを探りあてた。それを出そうと思って、大尉につかまれた右腕を離そうとして、必死に振りきった。べりべりッという厭《い》やな音がして、学士の洋服が引裂けると、右腕が急に自由になった。

（こうなると、こっちのものだ）

そう思った星宮学士は、ピストルを握った右の拳をグッと前にのばそうとした。そこを、

「エイ、ヤッ」

と大尉が飛びついて、両腕をグッと捻《ね》じあげた。学士は捻じられながらも、いきなり大尉の脇腹を力一杯

「ウン！」

と蹴とばしたが、この時遅し、大尉は素早く、身体を左に開いたので、気絶することから、辛《かろ》うじて免れたが、その代り、二人の身体は、もつれあったまま、もんどり打って床の上に仆《たお》れてしまった。二人は跳ねおきようと、互《たがい》に死物《しにもの》ぐるいの格闘をつづけ、

机をひっくりかえし、書類箱を押したおしているうちに、どうした弾《はず》みか、ピストルが星宮理学士の手許をはなれ、ガチャンと音をたてて、向うの壁に叩きつけられた。

「さあ、この野郎。ほざけるなら、ほざいてみろ！」

そう云って、いかにも勝ちほこった名乗をあげたのは、川波大尉だった。星宮理学士は大尉の逞《たくま》しい腕にその細首をねじあげられて、ほとんど宙にぶらさがっていた。が、どんな隙《すき》があったのだろうか、学士は両手を大尉の股間《こかん》にグッと落とすと、無我夢中になって大尉の急所を摑《つか》んだのだった。

「ウーム」

と大尉が呻《うな》った。彼の顔は赤くなり、青くなりしたが、これも死にもの狂いの形相《ぎょうそう》ものすごく、学士の身体をグッと手許へよせると、骨も砕けよと敵手の頸《くび》を締めつけた。学士は朦朧《もうろう》と落ちてゆく意識のうちに、頻《しき》りに口を大きくひらいては喘《あえ》いでいた。だが彼の執念《しゅうねん》ぶかい両手は、なおも大尉の急所を摑んでそれを緩《ゆる》めようとはしなかった。このままに捨てておくと、二人とも共軛関係《きょうやくかんけい》において死の門をくぐるばかりだった。

「紅子、うう射て……ピストル、いいから……」

大尉の声は、切れ切れに、蚊細《かぼそ》く、夫人の援助をもとめたのだった。

このとき紅子は、いつの間にやら、右手にしっかりとピストルを握りしめていたが、夫大尉のこの声をきくと、莞爾《かんじ》とほほえんだ。

「いいこと！」

紅子のしなやかな腕がグッと前に伸びる。キラリとピストルの腹が光って、引金がカチリと引かれた。

「ズドーン！」

銃声一発――大尉と学士とは、壁際《かべぎわ》から同体に搦《から》みあったまま、ズルズルと音をさせて、横に仆《たお》れた。

ピストルの煙が、やっと薄らいだとき、仆れた二人のうちの一人が、フラフラと半身を起した。それは大尉にはあらで、意外にも星宮理学士だった。

彼は、紅子が一発のもとに射ち殺したのは、彼女の夫君《ふくん》である川波大尉だと知ると、咄嗟《とっさ》のうちに気をとり直し、威厳をつけて、ノッソリ起きあがると、フラフラと紅子の方に歩みよるのだった。

「星宮君。ここへ懸け給え」

このとき、静かに云ったのは、この場の生命のやりとりに、一と言も口を利かず、片腕もあげなかった奇怪の人物、大蘆原軍医《おおあしはらぐんい》だった。自分の名をよばれると、流石《さすが》の星宮理学士も、ギョッとして、その場に立ち竦《すく》んだ。

「星宮君。私の第三話が、もうすこしで、尻切《しりき》れ蜻蛉《とんぼ》になるところだった。幸い君は生命をとりとめたようだから、サアここへ坐って、あの話の続きを聞いてくれ給え」

軍医は、落着きはらって、空虚になった二つの椅子を指した。学士は、眼に見えぬ糸に操《あやつ》られるかのように、ヨロヨロとよろめきながら、やっとその椅子の傍まで近付くと、崩れるように、その上に腰を下ろした。

「……」

「さア、いいかね、星宮君。さっきは、僕に手術を頼んだ娘の次兄というのが、素晴らしい復讐方法を、妹をかどわかした男に加えるため、考えついた、というところまで話したのだったね。サアその続きだが、さて、あの女の次兄が考えだした讐打《あだう》ちというのはね、死をも怖れないと自称する人間に『死』以上の恐怖を与えることにあったのだった。それで次兄は、今夜妹を人工流産させることに決心したのだ。手術は四十分ばかりかかったが、私の手で巧く終了した。摘出されたのは、すこし太い試験管の、約半分ばかりを占領している四ケ月目の××××××だった。いいかね、その試験管の底に沈澱《ちんでん》している胎児は、その男と、あの可憐《かれん》なる少女とが、おのれの血と肉とを共に別けあって生長させた彼等の真実の子供なのだった。でも母親の胎内を無理に引離され、こうしているその胎児には、もうすでに生命が通っていないのだった。闇から闇へ流れさった、その不幸な胎児の、今日は命日なのだ。その胎児にとって、今夜のこの話は、本当の意味の通夜物語《つやものがたり》なのだ。

　これだけ云えば、星宮君、君にはなにもかも判ったろう。あの胎児の父は、君なのだ。あの胎児の母は、ちどり子《こ》と呼ぶ。さてここで、君から訊《き》かして貰いたいことがある。君に返事ができるかね。

　先刻《さっき》、君は私の手料理になる栄螺《さざえ》を、鱈腹《たらふく》喰べてくれたね。ことに君は、××××、箸《はし》の尖端《さき》に摘みあげて、こいつは甘味《うま》いといって、嬉しそうに食べたことを覚えているだろうね。

　それでもし、私が、あのちどり子《こ》の次兄であったとして、いやそう驚かなくてもいいよ、先刻、君が口中で味《あじわ》い、胃袋へおとし、唯今は胃壁から吸収してしまったであろうと思われる、アノ××××が、栄螺《さざえ》の内臓でなくして、実は、君の血肉《ちにく》を別《わ》けた、あの胎児《たいじ》だったとしたら、ハテ君はやはり、

『××××を、ムシャムシャ喰べてみたが、たいへんに美味《おいし》かった』

　と嬉しがってくれるだろうか、ねえ星宮君――」

「ウーム。知らなかったッ」

　と、ふり絞るような声をあげたのは星宮理学士だった。その顔面はみるみる真青《まっさお》にな

り、ガタガタと細かく全身を震《ふる》わせると、われとわが咽喉《のど》のあたりを、両手で掻《か》きむしるのだった。

ああ、時はもうすでに遅かった。いま気がついて、ムカムカと瀉《は》き気《け》を催しても、彼の喰った栄螺は、もはや半ば以上消化され、胃壁を通じて濁った血となったのだった。彼頸動脈《けいどうみゃく》を切断して、ドンドンその濁った血潮《ちしお》をかいだしても、かい出し尽《つく》せるものではなかった。彼の肉塊《にくかい》をいちいち引裂いて火の中に投じても、焼き尽せるものではなかった。彼は自己嫌悪の全身的な嘔吐《おうと》と、極度の恐怖とを感ずると、

「ギャッ」

と一声、獣のような悲鳴をあげて、その場に卒倒したのだった。呪われたる人喰人種――。

×

それを見届けると、大蘆原軍医は始めて莞爾《かんじ》と笑って、側《かたわ》らに擦《す》りよってくる紅子の手をとって、入口の扉《と》の方にむかって歩きだした。

今宵、紅子は、彼女の良人《おっと》、川波大尉を射殺しておきながら、それを振返ってみようともしないのは、どうしたことであるか。それは、川波大尉こそは、第一話に出てきた熊内中尉に、あの恐ろしい無理心中を使嗾《しそう》した悪漢だった。そのために、当時、鮎川紅《あゆかわべに》

子《こ》と名乗っていた彼女は、愛の殿堂《でんどう》にまつりあげておいた婚約者の竹花中尉を、永遠に喪《うしな》ってしまったのだった。

いわば、今宵《こよい》の良人《おっと》射殺事件は、あたかも竹花中尉の敵打《かたきう》ちをしたようなものだった。この隠れた事実を、紅子が知ったのは、極《ご》く最近のことで、それを教えたのは、炯眼《けいがん》きまわる大蘆原軍医だった。今夜の紅子の登場も、無論、軍医の書いたプログラムの一つだった。

ここへ来て、この軍医を賞讃する前に、読者諸君は、すこし考えてみなければならない。それは、いくら愛する妹の復讐とは云え、彼女の産みおとしたものを、人間に喰わせるという手段が、人道上許されるものであろうかどうか。奇怪にも友人の細君だった婦人を、狎《な》れ狎《な》れしく、かき抱いてゆく大蘆原軍医は、誰よりも一番恐ろしい、鬼か魔かというべき人物ではあるまいか。

それはそれとして、二人の姿が、戸外の闇に紛《まぎ》れて、見えなくなったちょうどその時、血みどろに染った二つの死骸が転っている実験室では、真夜中の十二時を報ずる柱時計が、ボーン、ボーンと、無気味な音をたてて、鳴り始めたのだった。

牛人《ぎゅうじん》

中島敦

魯《ろ》の叔孫豹《しゅくそんひょう》がまだ若かった頃、乱を避けて一時斉《せい》に奔《はし》ったことがある。途《みち》に魯の北境庚宗《こうそう》の地で一美婦を見た。俄《にわ》かに懇《ねんご》ろとなり、一夜を共に過して、さて翌朝別れて斉に入った。斉に落着き大夫《たいふ》国氏《こくし》の娘を娶《めと》って二児を挙げるに及んで、曾《かつ》ての路傍一夜の契《ちぎり》などはすっかり忘れ果ててしまった。

或夜、夢を見た。四辺の空気が重苦しく立罩《たちこ》め不吉な予感が静かな部屋の中を領している。突然、音も無く室の天井が下降し始める。極めて徐々に、しかし極めて確実に、それは少しずつ降りてくる。一刻毎に部屋の空気が濃く淀《よど》み、呼吸が困難になってくる。逃げようともがくのだが、身体は寝床の上に仰向いたままどうしても動けない。見える筈はないのに、天井の上を真黒な天が盤石《ばんじゃく》の重さで押しつけているのが、はっきり判る。いよいよ天井が近づき、堪え難い重みが胸を圧した時、ふと横を見ると、一人の男が立っている。恐ろしく色の黒い傴僂《せむし》で、眼が深く凹《くぼ》み、獣のように突出た口をしている。全体が、真黒な牛に良く似た感じである。牛《ぎゅう》！　余《われ》を助けよ、と思わず救を求めると、その黒い男が手を差伸べて、上からのし掛かる無限の重みを支えてくれる。それからもう一方の手で胸の上を軽く撫でてくれると、急に今までの圧迫感が失《なく》なってしまった。ああ、良かった、と思わず口に出したとき、目が醒《さ》めた。

翌朝、従者下僕等を集めて一々検《しら》べて見たが、夢の中の牛男《うしおとこ》に似た者は誰もいない。その後も斉の都に出入する人々について、それとなく気を付けて見るが、それらしい人相の男には絶えて出会わない。

数年後、再び故国に政変が起り、叔孫豹《しゅくそんひょう》は家族を斉に残して急遽帰国した。後、大夫として魯の朝《ちょう》に立つに及んで、初めて妻子を呼ぼうとしたが、妻は既に斉の大夫某と通じていて、一向夫の許《もと》に来ようとはしない。結局、二子孟丙《もうへい》・仲壬《ちゅうじん》だけが父のところへ来た。

或朝、一人の女が雉《きじ》を手土産に訪ねてきた。始め叔孫の方ではすっかり見忘れていたが、話して行く中に直ぐ判った。十数年前斉へ逃れる道すがら庚宗の地で契った女である。独りかと尋ねると、伜《せがれ》を連れてきているという。しかも、あの時の叔孫の子だというのだ。兎に角、前に連れてこさせると、叔孫はアッと声に出した。色の黒い・目の凹んだ・傴僂なのだ。夢の中で己を助けた黒い牛男《うしおとこ》にそっくりである。思わず口の中で「牛！」と言ってしまった。するとその黒い少年が驚いた顔をして返辞をする。叔孫は一層驚いて、少年の名を問えば、「牛《ぎゅう》と申します」と答えた。

母子共に即刻引取られ、少年は豎《じゅ》（小姓）の一人に加えられた。それ故、長じて後もこの牛に似た男は豎牛《じゅぎゅう》と呼ばれるのである。容貌に似合わず小才の利《き》く男で、頗《すこぶ》る役には立つが、いつも陰鬱《いんうつ》な顔をして少年仲間の戯れにも加わらぬ。主人以外の者には笑顔一つ見せない。叔孫にはひどく可愛がられ、長じては叔孫家の家政一切の切廻しをするようになった。

眼の凹んだ・口の突出た・黒い顔は、ごく偶《たま》に笑うとひどく滑稽な愛嬌に富んだものに見える。こんな剽軽《ひょうきん》な顔付の男に悪企《わるだくみ》など出来そうもないという印象を与える。目上の者に見せるのはこの顔だ。仏頂面をして考え込む時の顔は、ちょっと人間離れのした怪奇な残忍さを呈する。儕輩《さいはい》の誰彼が恐れるのはこの顔だ。意識しないでも自然にこの二つの顔の使い分けが出来るらしい。

叔孫豹の信任は無限であったが、後嗣に直そうとは思っていない。秘事ないし執事としては無類と考えていたが、魯の名家の当主とは、その人品からしてもちょっと考えにくいのである。豎牛《じゅぎゅう》ももちろんそれは心得ている。叔孫の息子達、殊《こと》に斉から迎えられた孟丙・仲壬《じん》の二人に向かっては、常に慇懃《いんぎん》を極めた態度をとっている。彼らの方では、幾分の不気味さと多分の軽蔑とをこの男に感じているだけだ。父の寵《ちょう》の厚いのに大して嫉妬を覚えないのは、人柄の相違というものに自信をもっているからであろう。

魯の襄公《じょうこう》が死んで若い昭公の代となる頃から、叔孫の健康が衰え始めた。丘蕕《きゅうゆう》というところへ狩りに行った帰りに悪寒を覚えて寝付いてからは、漸《よう》く足腰が立たなくなってくる。病中の身の廻りの世話から、病床よりの命令の伝達に至るまで、一切は豎牛一人に任せられることになった。豎牛の孟丙等に対する態度は、しかし、いよいよ遜《へりくだ》ってくる一方である。

叔孫が寝付く以前に、長子の孟丙のために鐘を鋳《ちゅう》させることに決め、その時に言った。お前はまだこの国の諸大夫と近附になっていないから、この鐘が出来上ったら、その祝を兼ねて諸大夫を饗応するが宜《よ》かろうと。明らかに孟丙を相続者と決めての話である。叔孫が病に伏してから、ようやく鐘が出来上った。孟丙は、かねて話のあった宴会の日取の都合を父に聞こうとして、豎牛にその旨を通じてもらった。特別の事情が無い限り、豎牛の外は誰一人病室に出入出来なかったのである。豎牛は、孟丙の頼を受けて病室に入ったが、叔孫には何も取次がない。すぐ外へ出てきて孟丙に向い、主君の言葉として出鱈目《でたらめ》な日にちを指定する。指定された日に孟丙は賓客を招き盛んに饗応して、その座で始めて新しい鐘を打った。病室でその音を聞いた叔孫が怪しんで、あれは何だと聞く。孟丙の家で鐘の完成を祝う宴が催され多数の客が来ている旨を、豎牛が答える。俺の許も得ないで勝手に相続人面《づら》をするとは何事だ、と病人が顔色を変える、それに、客の中には斉にいる孟丙殿の母上の関係の方々も遙々見えているようです、と豎牛が附加える。不義を働いた曾ての妻の話を持出すと何時も叔孫の機嫌が見る見る悪くなることを、良く承知しているのだ。病人は怒って立上がろうとするが、豎牛に抱きとめられる。身体に障ってはいけないというのである。俺がこの病でてっきり死ぬものと決めて掛かって、もう勝手な真似を始めたのだなと歯咬《はが》みをしながら、叔孫は豎牛に命ずる。構わぬ。引捕らえて牢《ろう》に入れろ。抵抗するようなら打殺しても宜《よ》い。

　宴が終り、若い叔孫家の後嗣は快く諸賓客を送り出したが、翌朝は既に屍体《したい》となって家の裏藪《うらやぶ》に棄てられていた。

　孟丙の弟仲壬《じん》は昭公の近侍《きんじ》某と親しくしていたが、一日友を公宮に訪ねた時、偶々《たまたま》公の目に留《とま》った。二言《ふたこと》三言《みこと》、その下問に答えている中に、気に入られたと見え、帰りには親しく玉環《ぎょっかん》を賜わった。大人しい青年で、親にも告げずに身に佩《お》びては悪かろうと、豎牛を通じて病父にその名誉の事情を告げ玉環を見せようとした。牛は玉環を受取って内に入ったが、叔孫には示さない。仲壬が来たということさえ話さぬ。再び外に出てきて言った。父上には大変御喜びで直ぐにも身に着けるようにとのことでした、と。仲壬はそこで始めてそれを身に佩びた。数日後、豎牛《じゅぎゅう》が叔孫に勧める。既に孟丙が亡《な》い以上、仲壬を後嗣に立てることは決まっている故、今から主君昭公に御目通りさせては如何。叔孫がいう。いや、まだそれと決めた訳ではないから、今からそんな必要はない。しかし、と牛が言葉を返す。父上の思召《おぼしめし》はどうあろうと、息子の方では勝手にそう決め込んで、もはや直接君公に御目通りしていますよ。そんな莫迦《ばか》な事があるはずは無いという叔孫に、それでも近頃仲壬が君公から拝領したという玉環を佩びていることは確かですと牛《ぎゅう》が請《う》け合う。早速仲壬《じん》が呼ばれる。果たして玉環を佩びている。公からの戴きものだという。父は利かぬ身体を床の上に起して怒った。息子の弁解は何一つ聞かれず、直ぐにその場を退いて謹慎せよという。

その夜、仲壬はひそかに斉に奔《はし》った。

病が次第に篤《あつ》くなり、焦眉《しょうび》の問題として真剣に後嗣のことを考えねばならなくなった時、叔孫豹はやはり仲壬を呼ぼうと思った。豎牛《じゅぎゅう》にそれを命ずる。命を受けて出ては行ったが、もちろん斉にいる仲壬に使を出しはしない。さっそく仲壬の許へ使を遣わしたが非道なる父のところへは二度と戻らぬという返辞だったと復命する。この頃になってようやく叔孫にも、この近臣に対する疑いが湧《わ》いてきた。汝の言葉は真実か？　と吃《きっ》として聞き返したのはそのためである。どうして私が偽《いつわり》など申しましょう、と答える豎《じゅ》牛《ぎゅう》の唇の端が、その時嘲《あざけ》るように歪《ゆが》んだのを病人は見た。こんな事はこの男が邸に来てから全く始めてであった。カッとして病人は起上ろうとしたが、力が無い。直ぐ打倒れる。その姿を、上から、黒い牛のような顔が、今度こそ明瞭な侮蔑を浮かべて、冷然と見下す。儕輩《さいはい》や部下にしか見せなかったあの残忍な顔である。家人や他の近臣を呼ぼうにも、今までの習慣でこの男の手を経ないでは誰一人呼べないことになっている。その夜病大夫は殺した孟丙のことを思って口惜し泣きに泣いた。

次の日から残酷な所作が始まる。病人が人に接するのを嫌うからとて、食事は膳部《ぜんぶ》の者が次室まで運んでおき、それを豎牛が病人の枕頭に持ってくるのが慣わしであったのを、今やこの侍者が病人に食を進めなくなったのである。差出される食事は悉《ことごと》く自分が喰ってしまい、から《ヽヽ》だけをまた出しておく。膳部の者は叔孫が喰べたことと思っている。

病人が餓《うえ》を訴えても、牛男《うしおとこ》は黙って冷笑するばかり。返辞さえもはやしなくなった。誰に助を求めようにも、叔孫には絶えて手段が無いのである。

偶々《たまたま》この家の宰《さい》たる杜洩《とせつ》が見舞に来た。病人は杜洩に向って竪牛《じゅぎゅう》の仕打を訴えるが、日頃の信任を承知している杜洩は冗談と考えててんで取合わない。叔孫がなおも余り真剣に訴えると、今度は熱病のため心神が錯乱したのではないかと、いぶかる風である。竪牛もまた横から杜洩に目配《めくばせ》して、頭の惑乱した病者にはつくづく困り果てたという表情を見せる。しまいに、病人はいら立って涙を流しながら、痩せ衰えた手で傍の剣を指し、杜洩に「これであの男を殺せ。殺せ、早く！」と叫ぶ。どうしても自分が狂者としてしか扱われないことを知ると、叔孫は衰え切った身体を顫わせて号泣する。杜洩は牛《ぎゅう》と目を見合せ、眉をしかめながら、そっと室を出る。客が去ってから始めて、牛男《うしおとこ》の顔に会体《えたい》の知れぬ笑が微《かす》かに浮かぶ。

餓と疲れの中に泣きながら、いつか病人はうとうとして夢を見た。いや、眠ったのではなく、幻覚を見ただけかも知れぬ。重苦しく淀んだ・不吉な予感に充ちた部屋の空気の中に、ただ一つ灯が音も無く燃えている。輝きの無い・いやに白っぽい光である。じっとそれを見ている中に、ひどく遠方に——十里も二十里も彼方にあるもののように感じられてくる。寝ている真上の天井が、何時かの夢の時と同じように、徐々に下降を始める。ゆっくりと、併《しか》し確実に、上からの圧迫は加わる。逃れようにも足一つ動かせない。傍を見ると黒い牛男が立っている。救を求めても、今度は手を伸べてくれない。黙ってつッ立ったままにやりと笑う。絶望的な哀願をもう一度繰返すと、急に、慍《おこ》ったような固い表情に変り、眉一つ動かさず凝乎《じっ》と見下す。今や胸の真上に蔽いかぶさってくる真黒な重みに、最後の悲鳴を挙げた途端に、正気に返った。……

何時か夜に入ったと見え、暗い部屋の隅に白っぽい灯が一つともっている。今まで夢の中で見ていたのはやはりこの灯だったのかもしれない。傍を見上げると、これまた夢の中とそっくりな豎牛《じゅぎゅう》の顔が、人間離れのした冷酷さを湛えて、静かに見下している。その貌《かお》はもはや人間ではなく、真黒な原始の混沌《こんとん》に根を生やした一個の物のように思われる。叔孫は骨の髄まで凍る思いがした。己を殺そうとする一人の男に対する恐怖ではない。寧《むし》ろ、世界のきびしい悪意といったようなものへの、遜《へりくだ》った懼《おそ》れに近い。もはや先刻までの怒は運命的な畏怖感に圧倒されてしまった。今はこの男に刃向《はむか》おうとする気力も失《う》せたのである。

三日の後、魯の名大夫、叔孫豹は餓えて死んだ。

著者略歴

久生十蘭《ひさおじゅうらん》（一九〇二〜一九五七年）

北海道出身。

一九二〇年、函館新聞社に勤務。記者として文芸欄の編集に携わる傍ら、同欄に自身の作品を掲載。

一九二九年にパリに渡り、演劇を学ぶ。帰国後、新築地劇団の演出部に迎えられるも、まもなく脱退。その後は、雑誌『新青年』に発表した作品が次々と人気を博し、頭角を現していく。一九五二年、「鈴木主水」で直木賞を受賞。

作品の多くは口述筆記によってつくられており、リズミカルな文体が特徴的。作品に「顎十郎捕物帳」「魔都」「キャラコさん」「十字街」などがある。

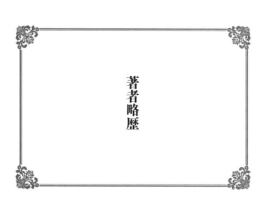

小川未明《おがわみめい》（一八八二〜一九六一年）

新潟県出身。

早稲田大学時代、坪内逍遥や島村抱月から指導を受ける。当時出講していたラフカディオ・ハーンの講義からも刺激を受けた。

一九〇四年、大学在学中に処女作「漂浪児」を『新小説』に発表、好評を博した。この時、逍遙から「未明」の号を与えられる。

卒業後は早稲田文学社に入り『少年文庫』の編集に携わる一方、小説や童話の創作活動を続けた。

一九二六年、『小川未明選集』を発売したのを契機に童話創作活動に専念。一九二一年、代表作「赤い蝋燭と人魚」を執筆。以後も多数の作品を残した。

江戸川乱歩《えどがわらんぽ》（一八九四〜一九六五年）

三重県名賀郡名張町（現名張市）出身。本名、平井太郎。

一九二三年、『新青年』に掲載された「二銭銅貨」でデビュー。一九三六年には『少年倶楽部』に「怪人二十面相」の連載が始まり、児童向けの推理小説も手がけるようになる。

サディズムや残虐趣味など嗜好性の強い作風が受けて人気を獲得していくが、戦時中は、厳しい検閲を受け、「芋虫」が発禁になるなど、受難の時代が続く。戦後は、探偵作家クラブの創立と財団法人化に尽力するなど、執筆業以外の活動も精力的にこなした。

主な作品に、「人間椅子」「パノラマ島奇談」「陰獣」「黄金仮面」などがある。

谷崎潤一郎《たにざきじゅんいちろう》（一八八六〜一九六五年）

東京都出身。東京帝国大学国文科中退。小山内薫らと創刊した第二次『新思潮』に、「誕生」「刺青」を発表。耽美的な作風が、自然主義が隆盛を極めていた文壇に大きな衝撃を与える。その後『三田文学』で永井荷風に激賞され、新進気鋭の作家として注目を集めた。関東大震災を機に関西に移住。この頃より、古典を範にした日本的な美を追及するようになる。重厚で美しい文章から軽妙な語り口まで華麗に使いこなし、非常に高い評価を獲得していった。一九四九年、第八回文化勲章を受章。主な作品には「春琴抄」「細雪」「痴人の愛」などがある。

渡辺温《わたなべおん》（一九〇二〜一九三〇年）

北海道出身。本名、温《ゆたか》。慶応大学高等部在学中の一九二四年、プラトン社の雑誌が行った映画原案の懸賞に、「影」を投稿。谷崎潤一郎の推薦で、一等入選する。一九二六年、横溝正史により、推理小説家の活躍の場だった雑誌『新青年』に抜擢され、博文館の編集助手になる。以降、編集者と小説家の二足の草鞋を履いて、推理小説の世界に身を置く。一九三〇年、谷崎潤一郎宅に原稿依頼へ赴いた帰りに、貨物列車に衝突。生涯を閉じた。短い創作期間ながら、推理小説のみならず、海外作家の翻訳や随筆など、多数の作品を手掛けた。

太宰治《だざいおさむ》（一九〇九〜一九四八年）

青森県出身。本名、津島修治《つしましゅうじ》。

一九三五年に発表した「逆行」が、第一回芥川賞の候補となる。一時は精神不安により入院治療を受けたが、一九三八年頃より人気を博すようになる。

戦後は、坂口安吾、織田作之助らとともに、無頼派・新戯作派と称される。自殺未遂や薬物中毒を繰り返した、破滅型の作家としても知られる。

一九四八年、玉川上水で愛人の山崎富栄《やまざきとみえ》と入水。遺体発見日の「桜桃忌《おうとうき》」には、今なお多くのファンが太宰の墓を訪れ、死を悼む。

主な作品に、「斜陽」「走れメロス」「人間失格」など。

芥川龍之介《あくたがわりゅうのすけ》（一八九二〜一九二七年）

東京出身。生後間もなく母が精神を病んだため、母の実家芥川家で養育される。のち芥川家の養子となる。

東大在学中より同人雑誌『新思潮』に翻訳作品などを寄稿。一九一六年、「鼻」を発表。夏目漱石に絶賛される。

卒業後、海軍機関学校の嘱託教官に就任。一九一九年に教職を辞し、執筆活動に専念。

今昔物語を題材にした「羅生門」「芋粥」、中国説話によった「杜子春《とししゅん》」などの短編が有名。後には、「歯車」「河童」に見られる自伝的作品も執筆。

一九二七年に服毒自殺し、この世を去った。

坂口安吾《さかぐちあんご》（一九〇六〜一九五五年）

新潟県出身。本名、炳五《へいご》。

一九三一年、ナンセンスかつユーモラスな「風博士」を牧野信一に激賞され、一躍文壇デビューを果たす。

終戦後、人間の価値観・倫理観を見つめ直した随筆「堕落論」、短編小説「白痴」を発表。新時代の文学を担う存在として注目され、人気作家の仲間入りを果たす。

太宰治、織田作之助らとともに、無頼派・新戯作派とも呼ばれる。

四八歳のとき、脳出血のためこの世を去った。純文学に限らず、推理小説や時代小説、随筆など、多彩な作品を残した。

国木田独歩《くにきだどっぽ》（一八七一〜一九〇八年）

千葉県生まれ。

広島市、山口県で育つ。

一八八七年に上京。東京専門学校（現早稲田大学）に入学（のち中退）。徳富蘇峰の影響を受けて、文学への関心を深める。

一八八四年、徳富蘇峰が主宰する民友社に入り、『国民之友』の記者となる。日清戦争に記者として従軍し、『愛弟通信』を発表。好評を得る。

一八九八年、随筆『今の武蔵野』（のちに『武蔵野』と改題）を発表。一九〇六年には作品集『運命』を発表し、自然主義文学に大きな影響を与えるが、一九〇八年、肺結核により死去。

海野十三《うんのじゅうざ》（一八九七～一九四九年）

徳島県出身。本名、佐野昌一。早稲田大学理工科で電気工学を専攻。その後逓信省電務局電気試験所に勤務する傍ら、機関紙などに探偵小説を発表。一九二八年、雑誌『新青年』の編集者だった横溝正史から見出され、探偵小説「電気風呂の怪死事件」で文壇デビュー。様々なペンネームを使い分けながら多くの科学小説、探偵小説、さらには漫画まで執筆した。本名で、電気関係の解説書も発表している。現在では、「日本ＳＦの始祖」とも称される。作品は、「深夜の市長」「蠅男」「十八時の音楽浴」など多数。

中島敦《なかじまあつし》（一九〇九～一九四二年）

東京出身。漢学、中国文学の造詣が深い家庭で育つ。小学生の頃、父の転勤により日本各地を転々とする。五年生のときに朝鮮半島へ渡り、中学校卒業まで同地で過ごす。その後、一高へ入学。学内誌に「喧嘩」などを発表。東大国文科在学中は、日本文学に熱中する。大学卒業後、横浜高女に就職。一九四一年、南洋庁国語教科書編集書記としてパラオに赴任。この頃に『古譚』（「山月記」収録）を刊行。「光と風と夢」が芥川賞候補となるが、一九四二年に急逝。死後、「弟子」「李陵」などが発表され、脚光を浴びた。

出典

久生十蘭「彼を殺したが……」『定本久生十蘭全集10』国書刊行会　二〇一一
小川未明「捕われ人」『小川未明集　幽霊船』ちくま文庫　二〇〇八
江戸川乱歩「百面相役者」『江戸川乱歩作品集Ⅲ』岩波文庫　二〇一八
谷崎潤一郎「途上」『谷崎潤一郎全集8』中央公論新社　二〇一七
渡辺温「可哀想な姉」『アンドロギュノスの裔 渡辺温全集』創元推理文庫　二〇一一
太宰治「犯人」『太宰治全集9』ちくま文庫　一九八九
芥川龍之介「疑惑」『芥川龍之介全集3』ちくま文庫　一九八六
坂口安吾「桜の森の満開の下」『桜の森の満開の下・白痴―他十二篇』岩波文庫　二〇〇八
国木田独歩「窮死」『定本 国木田独歩全集4』学習研究社　一九九五
海野十三「恐しき通夜」『海野十三全集1』三一書房　一九九〇
中島敦「牛人」『中島敦全集1』筑摩書房　二〇〇一

表記について

※本書では、原文を尊重しつつ、読みやすさを考慮した文字表記にしました。
・旧仮名づかいは、新仮名づかいに改めました。
・旧字体の一部は、新字体に改めました。
・「ゝ」「ヽ」「〱」などの繰り返し記号は、漢字・ひらがな・カタカナ表記に改めました。
・極端な当て字など、一部の当用漢字以外の字を置き換えています。
・読みやすさを考慮して、一部の漢字にルビをふっています。
・明らかな誤りは、出典など記載方法に沿って改めました。
・漢字表記の代名詞・副詞・接続詞は、原文を損なわないと思われる範囲で、平仮名に改めました。

掲載作のなかには、今日の人権意識に照らして不当、不適切と思われる語句や表現がありますが、作品の時代背景と文学的価値とを考慮し、そのままとしました。

文豪たちが書いた **殺しの名作短編集**

2024年6月12日　第一刷

編　纂　彩図社文芸部

発行人　山田有司

発行所　〒170-0005
株式会社彩図社
東京都豊島区南大塚3-24-4
MTビル
TEL：03-5985-8213　FAX：03-5985-8224

印刷所　新灯印刷株式会社

URL　https://www.saiz.co.jp　https://twitter.com/saiz_sha

ISBN978-4-8013-0720-9　C0193